わたしの苦手なあの子

朝比奈蓉子＝作
酒井以《さね》＝絵

NOVELS' EXPRESS 35

わたしの苦手なあの子

もくじ

無愛想《ぶあいそう》な転校生 ―― ミヒロ

児童だけで、勝手にプールに入るのは禁止《きんし》されている。

先生か指導員《しどういん》がいないときは、プールを使うことはできない。

だから放課後のプールには、だれもいないと思っていた。

五時間目の水泳の授業《じゅぎょう》で、わたしはプールのどこかに、ゴーグルを落としてしまったらしい。坂口《さかぐち》さんとぶつかったときに、頭にひっかけていたのが、はずれたのかもしれない。

オレンジ色のレンズと、同色のストラップがけっこう気に入っていた。

おまけに、度つきなのでけっこう高かった。

ふだんはめがねだけど、めがねをはずして水に入ると、まわりがぼやけてしまう。

度つきレンズがあると知って、お母さんにねだって、一週間まえに買ってもらったばかりだった。まだ一回しか使っていない。

落としたなんて言ったら、「またボーッとしてたんでしょ！」ってガミガミ言われそう。

六時間目が終わると、ゆううつな気もちで、プールに向かった。

プールの階段《かいだん》をのぼりきると、だれもいないはずのプールサイドに、だれかがいた。

じっとプールの水面を見つめて、立ちつくしている女子がいる。

うしろ姿《すがた》しか見えないけど、ひと目見てわかった。

細長い足に、ピタッとすいついたような黒いジーンズ。さらさらと音がしそうな、肩《かた》まである栗色《くりいろ》の髪《かみ》。

決め手は、片《かた》がわの肩にひっかけたカバン。ランドセルじゃなくて、ベージュのキャンバス地に、黒い革《かわ》のふたがかぶるリュックだ。

それも、口をヒモでしぼるタイプじゃなくて、二本の黒革のベルトが、ふたと本体

をつないでいる。

こんなリュックをもってる女子は、ほかにいない。一週間まえに、うちのクラスに転校してきた本間《ほんま》リサだ。

最初はめずらしさも手伝って、リサのまわりには、女の子が何人もむらがった。だけど、リサは話しかけられても、ほとんど取り合わなかった。会話に加わろうとしないし、なににも、だれにも関心を示《しめ》そうとしなかった。

「なによ、カンジわるー」

女の子たちの評判《ひょうばん》はわるかった。

すぐに一人になった。けど、全然気にしていないみたいだった。無表情《むひょうじょう》で、必要なとき以外、ほとんどしゃべることもない。

わたしも、遠くから見ているだけで、話しかけたことはない。

でも、こんなとこでなにしてんだろ。

たしか心臓《しんぞう》がわるいから、プールには入れないと言って、今日《きょう》も水泳の授業《じゅぎょう》にはでなかったはずだ。

声をかけようか、知らないフリをしようかと迷《まよ》っていたら、ふいにリサがからだの向きを変えた。そのとき、すぐななめうしろにいるわたしに気がついた。

人が来るとは、思っていなかったのだろう。

ハッとしたように、からだをこわばらせると、するどい目つきでわたしをにらみつけた。

そして、あっという間にわたしの横をすりぬけていった。

ホント、カンジわるー。

リサの去ったほうを見て、イーッとしかめっ面《つら》をした。おっと、そんなことより、今はゴーグルをさがすのが先だ。

わたしたちが使ったのは、2コースと3コースで、しずんでいるならそのあたりだ。

だけど、底のほうは水がにごっているのか、ぼんやりとかすんで見えない。

今から水中に入って、たしかめるわけにもいかない。更衣室《こういしつ》とシャワー室にも行ってみたけど、見あたらなかった。

「だれか拾ってくれてるかなあ。でも、名前書いてなかったしなあ」

しょんぼりとベンチにすわりこんだら、

「下校時間になりました。まだ校内に残っている児童は、家に帰りましょう」

四時半になると、流れてくる校内放送だ。

今日《きょう》のところは、あきらめるしかないと立ちあがった。

この時間になると、さすがにつきさすような日射《ひざ》しは去り、プールサイドもいくぶんすずしくなってくる。

ポトン、ポトンと力なく階段《かいだん》をおりていると、一番下の段に、オレンジ色のゴーグルが、コロンところがっているのが目に入った。

いそいでかけおりて拾いあげた。

まちがいなくわたしのゴーグルだ。

でもさっき、この階段をのぼったときには、なかったのに。

わたしのあとにここを通ったのは、本間《ほんま》リサだけだ。

リサが、プールサイドでこのゴーグルを見つけて、ここにおいてくれたのだろうか。

明日《あした》、リサにきいてみようと思った。

わたしは、ゴーグルをビニールバッグに入れながら、ほっと胸《むね》をなでおろした。


次の日、わたしは席で本を読んでいたリサに声をかけた。

「きのう、プールでゴーグルを拾って、階段《かいだん》においといてくれたの、本間さん？」

本から顔をあげて、リサはわたしを見た。

まゆをひそめて、しばらく宙《ちゅう》をにらんでいたけれど、

「ああ、あれ」

思いだしたようにつぶやいた。

「プールサイドに落ちてたから、目につくとこに、おいといたの」

「あれ、わたしのだったんだ。まだ買ったばかりだったから、助かったよ。もしなかったら、どうしようと思って」

リサは、わたしが話しているあいだに、もう本に目をもどしていた。

これ以上話しかけないで、と態度《たいど》で示《しめ》しているようだった。

言うつもりだったお礼の言葉が、のどのあたりにひっかかったままになった。

次の日、わたしは日直当番だった。

二人で組むはずの宮本《みやもと》さんは、ピアノのレッスン日だからおねがいね、と帰りの会が終わると、さっさと帰ってしまった。

ピアノじゃなかったら、英会話教室か、バレエ教室か、絵画教室。ほとんど毎日なにかのレッスンに通っていて、当番なんてたぶんやったことがないと思う。

宮本さんと日直を組んだら、ハズレくじを引いたと思って、あきらめるしかない。

黒板をすみずみまできれいに消して、チビたチョークを、新しいチョークに替《か》え、日誌《にっし》をつけて、全部のまどを閉《し》めた。

残っている生徒は、だれもいないのをたしかめてから教室をでた。

少しまえまでは、待っててくれる友だちがいた。でも今年の三月、その子はお父さんの転勤《てんきん》で九州に転校していった。

二カ月くらい文通したけど、そのうち書くことがなくなって、自然に交流がとだえた。

それ以来、とくに仲良しの友だちはいなかった。

くつばこでくつにはきかえ、外にでた。

もうほとんどの子が下校していて、残っているのは放課後クラブの子くらいだ。

校門をでようとして、なにげなくプールのほうを見たときだ。

「あれ」

思わず声がもれた。リサがプールの階段《かいだん》を、のぼっていくのが見えたのだ。

「またプール？」

帰りかけた足が、いつのまにかプールのほうへと向かった。

音をたてないように、そおっと階段《かいだん》をあがった。最後までのぼりきらずに、頭だけだしてのぞいてみた。

きのうと同じように、リサはプールサイドに立って、水面を見つめていた。

なにか落としたものを、さがしているのかな。でも、一度もプールに入っていないのだから、落とすはずはない。

しばらく待っていても、動きだすようすがない。西にかたむいた太陽がまぶしかった。

わたしは、だんだんジリジリしてきた。

残りの階段をのぼって、リサのうしろに立った。

「ねえ」

声をかけると、ビクッとしたように、リサの肩《かた》がはねた。

「さがしものなら、手伝おうか？　ゴーグルを拾ってくれたお礼に」

こっちを向いたリサは、わたしだとわかると、あからさまにイヤそうなため息をついて、首を横にふった。

「でも、二日続けて、プールをながめてるし、なんかあるんじゃ……」

「関係ないでしょ、あなたに」

大きな目で、グッとにらまれると、思わずすくみあがりそうになる。

「うん、ただ気になったから」

「おせっかいなのね」

切りすてるように言うと、リサは階段《かいだん》のほうに歩きだした。

「転校生だし、困《こま》ってることがあるなら、力になろうと思ったのに」

背中《せなか》に向かって、つぶやいた声がきこえたのか、歩きかけたリサの足がとまった。

「マジで?」

ゆっくりとふり向いて、まっすぐわたしの目を見た。こわいくらい真剣《しんけん》な目だった。

冗談《じょうだん》だったらゆるさないよ、と言ってるようで、一瞬《いっしゅん》たじろいだ。

「マ、マジで」

うなずいたけど、わたしはうろたえた。言わなきゃよかったと思った。

「じゃあさ、たのみがある」

いったいなにをたのまれるのかと、心臓《しんぞう》がコトコト音をたてだした。

「あそこで」

そう言って、リサは階段《かいだん》の一番下をさした。

「見はっててくれる?」

「は? なにを?」

「人よ。だれか来たらすぐに知らせて、というか、追っぱらってほしいんだ」

「えっ。あ、あの、話がよく見えないけど」

「わたしが、コースを一往復《おうふく》するあいだだけ、ここでだれもこないように、見はっといてってたのんでるのよ」

「えっ、お、泳ぐの? でも、本間《ほんま》さん、心臓がわるくて、運動できないんじゃやな

かったっけ?」

「そんなのどうでもいいじゃん。やってくれるの?」

「う、うん」

でも、わたしがとめるのをふりきって、プールに入っていく子がいるかもしれない。いや、なにかの拍子《ひょうし》に、先生が来ないともかぎらない。

そう考えただけで、ドキドキしてくる。

わたしは、規則《きそく》をやぶったり、先生にたてをついたりなんて、できない性格《せいかく》だった。

意気地《いくじ》がないのだ。

「じゃあ、明日《あした》、この時間に、いい?」

リサは確認《かくにん》するように、わたしにもう一度強い視線《しせん》を向けた。

しかたなくうなずいたけど、むくむくと不安がふくらんでいった。

翌日《よくじつ》の放課後、みんなが帰ってしまったころを見はからって、しぶしぶプールへ行った。

だれもいなかった。

更衣室《こういしつ》をのぞいたけど、リサはいない。

このまま、来なければいいのにと思っていたら、

「あ、ほんとに来たんだ」

うしろから声がした。

ふり向くと、リュックをしょったリサが、意外そうな表情《ひょうじょう》で立っていた。

「来ないと思ってたの?」

「なんか、意気地《いくじ》なさそうに見えたから」

ムッとした。はずれていないだけに、腹《はら》だたしい。

「でも、約束したし」

「そうだね。うん、すぐはじめるから」

すなおに言うと、リサは更衣室《こういしつ》に向かって足をはやめた。

「ねえ、プールを往復《おうふく》するのに、どのくらいかかるの?」

走っていくリサに声をかけた。

「うーん、五分もあればいいかな」

そのくらいなら、だれも来ないうちに、終わらせられるだろう。

「じゃあ、わたしは下にいるから」

そう言って、階段《かいだん》の下までおりた。

校舎《こうしゃ》の時計は四時十分を指している。

着がえの時間を入れても、二十五分になれば、リサは二十五メートルを、往復し終わっていることになる。

わたしは、階段《かいだん》の一番下にすわって、時計から目をはなさずに、じっと針《はり》の動きを追っていた。時計が一分進んだとき、

「よお、なにやってんの、こんなとこで?」

ふいに声をかけられて、とびあがりそうになった。

いつのまにか、目のまえにクラスの吉岡《よしおか》くんが、サッカーボールをかかえて、首をかしげて立っていた。

「あ、あの、待ってるの」

声がうらがえりそうになった。

「ふうん、だれを?」

「ええと、と、時計」

「は?」

「あ、あの、時計が二十五分になるのを」

「へえ、二十五分になると、なんかいいこと

でもあるわけ？」

「あ、いや、そうじゃなくて、二十五分になったら、帰ろうかなって思って」

「へえ椎名《しいな》って、数字にこだわる人？」

「そ、そうなの。あ、吉岡《よしおか》くんは？」

「うーん、明石《あかし》と楠田《くすだ》と三人でリフティングやってたんだけど、二人とも塾《じゅく》だからって、帰っちゃってさ、つまんなくなったからおれも帰るとこ」

吉岡くんは、汗《あせ》でびっしょりぬれたおでこを、T《ティー》シャツのそででぬぐい、上気《じょうき》した顔で空をあおいだ。

「今、プールにとびこんだら、気持ちいいんだろうなぁ」

ギクッとした。

「ダメ！　ぜったいダメ！」

階段《かいだん》のまえで両手をひろげて、さけぶようにどなってしまった。

「なにムキになってんだよ。おれがとびこむわけないじゃん」

吉岡《よしおか》くんは、あきれたような顔でわたしを見ている。

「あ、そ、そうだね」

冷《ひ》や汗《あせ》が、背中《せなか》を流れていった。

吉岡くんは、水泳がてんで苦手《にがて》だった。

水に浮《う》いても、からだはほぼ四十五度の角度で下半身がしずんでいる。だから、いくら手をかいても、足をうっても進まない。そのうち、底に足がついて立ってしまう。そんな吉岡くんが、時間外のプールに、とびこんだりするはずがないのだ。

「上になんかあるのかよ?」

首をのばして、吉岡くんはわたしの頭ごしにプールのほうを見ようとする。

「ない。なんにもないよ」

必死でつくり笑いをして、ごまかした。

「へんなやつ。じゃあ、おれ、先に帰るわ」

吉岡《よしおか》くんが立ち去るのを見て、わたしはヘナヘナと階段《かいだん》にすわりこんだ。

ノウテンキな吉岡くんじゃなかったら、あやしまれていたところだ。

時計を見ると、ちょうど四時半をさしていた。同時に、帰りをうながす校内放送が流れてきた。

わたしは立ちあがって、プールの階段をのぼっていった。リサはもう泳ぎ終わって、更衣室《こういしつ》にいるかもしれないと思った。

ところが、わたしの目にとびこんできたのは、中央のレーンを、クロールでゆうぜんと泳いでいるリサだった。

すっごく腹《はら》がたってきた。

これじゃ、あたふたしているのはわたしだけだ。ばっかみたい。

わたしは、リサが泳いでいるレーンの壁《かべ》ぎわで、腹ばいになってリサが来るのを待った。リサが壁に手をついたとき、その手をグイとつかんでどなった。

「タイムオーバー！」

顔をあげたリサは、わかったというようにうなずいた。

「一往復《おうふく》って約束よ！」

わたしは、水の中のリサをにらみつけた。

「ごめん。つい時間わすれちゃって」

リサは、ゴーグルをひたいにおしあげると、床《ゆか》に両手をつき、はずみをつけて上半身をもちあげた。コンクリートの床に片足《かたあし》をつき、もう一方の足を引きあげた。

乾《かわ》いた床に、ポトポトと水滴《すいてき》が流れ落ちて、リサのまわりにたまった。

リサの動きを見ていたわたしは、一瞬《いっしゅん》からだが固まった。

右足のひざから下の皮膚《ひふ》が、赤と黒のまだら模様《もよう》のように変色していた。しかも、みがきあげたみたいに、つるつるしている。

ギョッとした。思わず目をそらせてしまった。リサは、しまったという顔をした。

が、すぐにもとの表情《ひょうじょう》にもどって、

「着がえてくるから、ちょっと待ってて」

そう言うと、更衣室《こういしつ》にかけこんだ。

見てはいけないものを見てしまったような、後味《あとあじ》のわるい思いが残った。

更衣室からでてきたリサは、髪《かみ》をきっちりと帽子《ぼうし》の中におしこんでいた。

きっと、ぬれた髪をかくすためにもってきたのだ。

リサは、行こう、と先に立って歩きだした。

わたしたちがプールをあとにして、正面の昇降口《しょうこうぐち》のまえを通りすぎようとしたとき、教頭先生が校舎《こうしゃ》からでてきた。

今から、校内を一周するつもりなのかもしれない。あやういところでセーフだ。

「まだいたの。校内放送が流れたでしょ。気をつけて帰るのよ」

「はーい」

リサはなにくわぬ顔をして言い、こっそりわたしのほうを見て肩《かた》をすくめた。

秘密《ひみつ》を共有している、仲間のつもりなのだろうか。

校門をでると、リサはすぐに帽子をとって、頭をふった。湿《しめ》った髪が、こぼれるように落ちて、肩先《かたさき》で踊《おど》った。

わたしは、やっと校門をでられてホッとしていた。さっさと別れてしまいたかった。

そしたら、

「ね、アイス食べない？　おごるから」

リサが機嫌《きげん》のいい声で言う。

せっかく誘《さそ》ってくれるリサにはわるいけど、ことわろうと思っていたら、

「それと、わたしの足、見たでしょ。そのことで話しておきたいんだ」

そう言われて、ことわれなくなった。

通りをわたって三十メートルほど行くと、コンビニがある。

しかたなく、リサについてコンビニに入った。リサはバナナチョコを、わたしはレモンバーを選んだ。

「あそこの、バス停のベンチで食べようか」

リサが指さしたバス停に、青いベンチがおかれていた。

ちょうど、うしろの建物のかげになって、すずしげだ。

ならんでこしかけると、

「今日《きょう》はサンキュ。ひさしぶりにスッキリした」

クシャッと、鼻にしわをよせて笑った。

そんなふうに笑うと、リサはけっこうかわいかった。よく動く大きな目と、やや上向きかげんの鼻、小さいけど厚みのあるくちびる。

それぞれのパーツが、バランスよくおさまっている。

「でも、これっきりだからね。あんなこと、もう二度としないから」

そう言うと、あら、とリサは大きな目をむいた。

「転校生の力になりたいって言ったのは、あなたのほうよ」

「あ、でも、まさかこんなことをするなんて、思わなかったもの」

「じゃあ、どんなことなら、よかったの？」

袋《ふくろ》をやぶって、リサはアイスバーにかぶりついた。

「どんなって……」

「人のためになにかをしようと思ったら、それなりの覚悟《かくご》がいるのよ。つまり、あなたには、それがなかったってことね」

皮肉《ひにく》っぽい口調で決めつけた。

プールの見はりに、覚悟がいるとは思わなかった。リサは、わたしがいいかげんな人間だと、言いたいのだろうか。

「心配しないで。もう二度とたのまないから」

さっきまでの、上機嫌《じょうきげん》は消えてしまったように、リサはだまってアイスを食べ続けた。わたしも、レモンバーの包みをやぶって、そっと口に入れた。

今年はじめてのアイスだった。

外側は、レモン味のアイスキャンディーで、シャキシャキ、内側はザクザクのかき氷みたい。ときどき、レモンの皮が混《ま》ざっててほろにがい。今のわたしの気持ちみたいだ。

「さっき言った、話っていうのはね」

食べ終わったアイスの棒《ぼう》を、リサは手持ち無沙汰《ぶさた》にいじりながら言った。

「あの傷《きず》を見たこと、だれにも言わないでほしいの。今までどおり、心臓《しんぞう》がわるいから泳がないってことに、しておいてくれないかな」

わたしの顔色をうかがうように言った。

「ああ、うん、いいけど」

「ぜったいよ」

「うん、わかった。ぜったい言わない」

「よかった。それが気になったの」

ほっとしたように、リサはベンチから立ちあがった。

「じゃあ、わたし、帰るから」

それだけ言うと、うしろをふりかえることもなく、去っていく。

あれは、いったいなんの傷なのだろう。

さっき見た、リサのふくらはぎから足首にかけての傷《きず》あとが、ありありと目のまえに浮《う》かんだ。わたしは、リサの小さくなっていくうしろすがたを、複雑《ふくざつ》な気持ちで見送った。

転校のわけ――リサ

まさか、ほんとに来るとは思わなかった。

その場しのぎの、いいかげんな口約束だと思ってたから、ほとんど期待してなかった。

わざわざ水着をもっていっても、どうせムダになるだろうと思っていた。

ところが、プールに行ってみると、すでにあの子がいた。意外だった。

気が弱そうに見えて、あんがい度胸《どきょう》があるのかもしれない。

それにしても、放課後のプールで泳ぐなんて、われながら大胆《だいたん》なことをしたと思う。

日ざしを受けて、まぶしく光る水面や、やけたコンクリート、カルキのにおい、そんなものに心をゆさぶられてしまった。

二度と泳がないと決めていたのに、二日続けてプールサイドに立つと、泳ぎたい気持ちがどんどんふくらんでいった。

小学校にあがるまえから、わたしはプールで泳いでいた。スイミングクラブが、大好きだった。

あんな事故《じこ》さえ起こさなかったら、今でも毎日泳いでいられたのに。思ってもしかたがないことを、つい考えていたところに、あの子があらわれた。

転校生の力になりたい、とか言ったっけ。

だから、ダメもとでプールの見はりをたのんでみたら、イヤそうだったけどうなずいた。

二年ぶりだった。

ひさびさに、気持ちが解放《かいほう》されるようだった。

それでつい油断《ゆだん》した。あの子に傷《きず》あとを見られてしまった。

だれにもしゃべらないでって、念《ねん》をおしたけど、守ってくれるだろうか。それがちょっと気になる。

そういえば、まだ名前も知らないんだっけ。赤い丸めがねなんかかけちゃって、ダサいったらなかった。

明日《あした》、きいてみようかな。べつに、知らなくてもいいけどね。

けど、人と話すときは、まだへんにかまえてしまうな。言葉もからだも、自分の意思とはちがう動きをしてしまう。

たぶん、自分でも知らないうちに、まわりにバリアをはってるんだ。

ああ、もっと自由に動けたらな。

言いたいことを言って、笑いたいときに笑って、泣きたいときに泣きたい。

行きたいところに行って、好きなかっこうをして、したいことをしたい。

けど、現実《げんじつ》には、いつもこうやって、一人で部屋《へや》の中で、自分のからに閉《と》じこもってるだけ。わたしって、チョー意気地《いくじ》なし。

パパは、わたしのこんなところが、気に入らないんだよね。

大きく息をはきだしたとき、トントンとドアをノックする音がした。

「リサ、ママよ。入るわね」

わたしの返事を待たずに、ママが、たたんだ洗濯物《せんたくもの》をかかえて入ってきた。

ママは、洗濯物をベッドの上におくと、自分もその横にこしをおろした。

「で、どう？　こんどの学校は？」

いきなり核心《かくしん》をついてくる。

「べつに」

「べつにってことはないでしょ。お友だちは？　できた？」

「たった一週間だよ。できるわけないじゃん」

ママと話してると、ついイライラしてしまう。わたしのことを思って言ってるのは
わかってるけど、つい反抗的《はんこうてき》になる。

「そうね。ママったら、あせりすぎね」

ママは、笑って立ちあがったけど、ああそうだ、とふり向いた。

「今夜、パパと夕飯を食べるんじゃなかった？」

「うん……そうだけど、ママもいっしょに行こうよ。ひさしぶりだから、パパもよろこぶと思うよ」

ママは、ううんと首をふった。

「パパが会いたいのはリサよ。ママが行ったら、きっとがっかりするわ」

「そんなことないって。ねえ、行こうよ」

「わるいけど、ママ、このあとでかけるの。出版社《しゅっぱんしゃ》の人と打ち合わせがあるのよ。二人で楽しんでらっしゃい」

そう言うと、ママは手をあげて部屋《へや》からでていった。

一人でパパに会いたくないから誘《さそ》ったのに、ママはわからないフリをしている。

ママは翻訳《ほんやく》の仕事をしている。

外国の原文を、日本語に訳す仕事だ。

原書をそのまま読むだけってことも多い。

ママの部屋《へや》の机《つくえ》には、いつも外国の本が山積みになっている。

そんなママを、わたしもパパも尊敬《そんけい》の目で見ていた。家族のほこりだ、なんてパパは言ってた。

それなのに、今、パパとママは別居《べっきょ》している。原因《げんいん》はわたしだ。

去年、自分の不注意でやけどして入院し、三週間くらい学校を休んだ。

退院して、登校するようになり、しばらくして包帯もとれた。

おとなになるにつれて、傷《きず》あとは目立たなくなるからね、って病院の先生は言った。

わたしは、先生を信じて、なるべく気にしないようにした。

だいじょうぶ。先生がなおるって言ったんだから。わたしは、何度も自分に言いきかせた。でも、みんなの態度《たいど》ははっきりと変わった。運がわるかったのは、ちょうどプールの時期と重なったことだ。

まえの年まで、水泳の時間はわたしのひとり舞台《ぶたい》だった。

でも、その年はちがった。

わたしがプールに入ろうとすると、露骨《ろこつ》にイヤな顔をされた。シッ、シッと、犬を追っぱらうように、手をふられたりした。

まるで傷《きず》がうつるとでも、言いたげだった。

はっきりと、気持ちわるーい、と言う子もいた。いい子ぶってる子は、わたしの足を見ないふりをして、そっとわたしのそばからはなれた。わたしも、理由をつけてはプールを休んだ。学校に行きたくなかった。

朝になると、しくしくとお腹《なか》が痛《いた》んで、学校にいるあいだじゅう続いた。

やっと水泳の季節が終わっても、体操《たいそう》用

のハーフパンツをはいたわたしを見ると、たいていの子があからさまに顔をしかめた。
おえっ、みたいに、口をゆがめる男子もいた。
許可《きょか》をもらって、長いジャージをはいたら、それが、特別扱《あつか》いだと言って、また
いじめのまとになった。
ショックだったのは、一番仲良しだったあやかが、わたしといるのをやめたことだ。
それだけじゃない。みんなといっしょになって、わたしを笑ったのだ。
うちにも遊びに来たし、お誕生日《たんじょうび》のプレゼントの交換《こうかん》もしたのに。
あいつ、ぜったいゆるさないから。
もう、だれも信じられなかった。
いつも、くるぶしまであるジーンズをはいた。短パンなんて、このまえはいたのは、
いつだったかわすれてしまったよ。
だんだん、学校に行くのが苦痛《くつう》になった。
食欲《しょくよく》がなくなって、からだがだるくて、朝が起きられなくなった。

一日、二日と休むと、そのままずるずると続けて休むようになった。そんなわたしを見て、ママは担任《たんにん》の先生に相談に行った。

たぶん、傷《きず》あとをからかわれて、心をいためている、とか言ったんだと思う。

それが、かえっていじめを増長《ぞうちょう》させるとは、思わなかったんだね。

しばらくして、クラスを代表してクラス委員が二人、家に来た。

「みんな、本間《ほんま》さんが学校に来るのを待っています」

神妙《しんみょう》な顔つきをしたクラス委員は、お面でもはりつけたみたいに、表情《ひょうじょう》のない顔で言った。うそだ。みんな大うそつきだ。

「よかったわね、リサ。もうだいじょうぶね」

パパもママもよろこんでいた。

二人をガッカリさせたくなかった。

重いからだを引きずるように、学校に行った。もしかしたら、クラスのみんなも、少しは変わったかもしれないと、あわい希望をだいて。けどすぐに、そんなあまい考えはこなごなにくだかれた。一部の子だけだったいじめが、クラス全体にひろがっていたのだ。

毎日、ただ一日が無事に終わることだけを考えてすごした。

冬休みになると、少し体調が回復した。

朝も自然に目覚めるようになった。

なのに、新学期が始まると、とたんにもとの状態《じょうたい》にもどってしまった。

それでも、三学期まではなんとか行った。

でも、春休みが終わると、新学年に向けて立ち向かう、気力も体力も残っていなかった。

そんなわたしを見て、ママは決心したのだろう。

夜、トイレに起きたとき、ママが疲《つか》れた声で、転校させましょう、と言うのがきこえた。

「いや、反対だね。こんなことで逃《に》げていると、今から先、なにからも逃げるようになる」

パパが断固《だんこ》とした声で言った。

「ぼくは、リサに、そんな子に育ってほしくないんだ」

「裏《うら》の山がくずれそうになってても、あなたはそこにとどまれって言うの！」

ママの悲鳴のような声が言った。

「それとこれとは、話がちがうだろ！」

「ちがわないわ！　リサは今、崖《がけ》っぷちに立ってるのよ。これ以上あそこにいたら、土砂崩《どしゃくず》れで流されてしまうわ！」

「ほんのしばらくがまんすれば、あとから笑って話せるときがくる。それまでのしんぼうじゃないか」

「そういうことじゃないのよ！」

パパとママは、はげしく言いあらそった。

あのときのことは、今でもわすれない。

からだが分解《ぶんかい》して、バラバラになってしまいそうだった。手と足が冷たくなり、心《しん》臓《ぞう》がはれつしそうだった。

二人は、毎晩《まいばん》のようにけんかをして、わたしは部屋《へや》で耳をふさいでいた。

二人とも口をきかなくなり、パパは帰りがおそくなり、家で食事をしなくなった。全部、わたしが学校に行かないせいだった。わたしなんか、生まれてこなければよかったのだ。

学校に行かなくなって、三カ月くらいたったころだった。

ある日ママが、しばらくパパと別居《べっきょ》する

ことにした、と言った。

わたしが、パパとママを引きさいていた。

わたしがいなくなったら、二人の仲はもとどおりになるのかもしれない。

結局、パパが家をでて、わたしとママがいまのマンションに残った。

リサは、転校して新しい学校に行くのと、学年をおくらせて、今の学校に行くのと、どっちがいい？　ってママがきいた。

転校したい、って答えた。

言いながら、ぼろぼろ涙《なみだ》があふれてきた。

取り返しのつかないことを、しているような気がした。

わたしは地区外の学校に転校して、バスで通学することになった。

こわかった。

また、同じ思いをするんじゃないかと思うと、なかなか新しい学校に行く決心がつかなかった。ぐずぐずと日にちをのばして、夏休みが近くなるまで家にいた。

そして、やっと一週間まえ、新しい学校に通いだしたのだった。

最初の日、わたしのまわりには、ものめずらしげな顔がいくつもあった。

友だちになろうと、近づいてきたのかもしれない。けど、友だちなんかもう作らない。

あんな目にあうのはまっぴらだ。

だから、みんな無視《むし》した。

そしたら、すぐにだれも寄《よ》ってこなくなった。さみしくなんか、なかった。むしろ、ほっとした。

こんどは、だれにも傷《きず》を見られないようにしよう。そのためには、水着になったり、体操着《たいそうぎ》を着たりしちゃいけない。

ママにたのんで、先生にプールには入れないという手紙を、書いてもらうことにした。

最初はしぶっていたママも、また同じことがおこるのは、避《さ》けたかったのだ。きき入れてくれた。

パパだったら、カンカンに怒《おこ》ったかもね。

パパとは、月に一回、いっしょにごはんを食べることになった。

二人が別居《べっきょ》するときの、唯一《ゆいいつ》の約束だって。

そんなの勝手に決めないでよ！　って、怒ったけど、まだ家族なんだから、っていうつむいているママを見ると、それ以上は抵抗《ていこう》できなかった。

一回目に会ったときは、なにを話したらいいのかわからなかった。

ぎこちなく食事をして、パパの新しいアパートの間取りの話とかして、それで終わった。

話すほどのことなんか、なんにもなかった。

今日は二回目だ。

気になるのは、転校したわたしを、パパがどう思っているかだ。

期待をうらぎられたと、ガッカリしてるんだろうな。

ううん、パパは、とっくにあきらめてる。

わたしを見るとき、ちょっとさみしそうな目をする。パパの理想の子どもからは、遠くはなれてしまったからね。

もうしわけないと思う。でも、もう二度と、パパのお気に入りのリサにはもどれない。

いつまでこんなことが続くのだろう。このまま、パパとママは離婚《りこん》してしまうのかな。

机《つくえ》の上の時計が、六時十分をさしていた。六時三十分に、パパが車で迎《むか》えにくることになっている。

そろそろ、でかけるしたくをしなくちゃと、立ちあがったとき、遠くで雷《かみなり》の音がした。

その何秒かあと、ものすごいいきおいで、雨つぶが、ベランダのコンクリートをたたきだした。雨が滝《たき》のように落ちてきた。

わたしの家族 —— ミヒロ

うちにもどると、ランドセルをソファに投げだして、まっすぐキッチンに行く。
テーブルに、メモと、わたしの好きなチョコチップクッキーの袋《ふくろ》があった。

「ミヒロちゃんへ
おかえりなさい。おやつを食べたら、おじいちゃんのところへ、
冷蔵庫《れいぞうこ》の中のタッパーをとどけて下さい。
母」

冷蔵庫をあけると、おじいちゃん専用《せんよう》の密封容器《みっぷうようき》が、二個並《なら》んでいた。
中身はたぶん、鶏《とり》の南蛮漬《なんばんづ》けと、肉じゃが。

どっちも、おじいちゃんの好物だ。

それを取りだして、保冷剤《ほれいざい》といっしょに、小さな保冷バッグに入れた。

これをもって、わたしは週に三回ほど、おじいちゃんのところへ行く。

おじいちゃんは、わたしの自転車で二十分くらいのところに住んでいる。

三年まえまでは、おばあちゃんと暮《く》らしていたけど、おばあちゃんが亡《な》くなってからは、犬のロクと二人暮らしだ。

むかしは、小学校の校長先生をしていたそうだけど、今は家の中で寝《ね》っころがって、本ばっかり読んでいる。ロクがいなかったら、食事をするのもわすれているかもしれない。

お母さんは、そんなおじいちゃんの食生活を心配して、わたしにおそうざいの宅配《たくはい》をさせているのだ。

ロクは、おばあちゃんがかわいがっていた小型のダックスフントだ。

犬なんて、見向きもしなかったおじいちゃんだったけど、おばあちゃんが亡くなると、まるで長くつれそったパートナーみたいに、大事にするようになった。

朝と夕方のお散歩は欠かさないし、あまいおやつまで与《あた》えるので、ロクは相当なおデブちゃんだ。お母さんが作った料理も、半分以上は、ロクが食べているんじゃないかと疑《うたが》っている。もちろん、お母さんには言わない。

ロクは、おとなしくて吠《ほ》えることもほとんどないので「番犬にもならない役立たず」とお母さんには手きびしいことを言われている。

お母さんは、調剤《ちょうざい》薬局につとめる薬剤師《やくざいし》で、朝九時から、夕方五時ごろまで働いている。

かぜをひいたとき、病院でもらった薬の処方《しょほう》せんをもって、お母さんのいるひまわり薬局に行ったことがある。白衣を着て、きびきびと仕事をしているお母さんは、家で見るのとはちがって、ちょっと格好《かっこう》よかった。

「お父さんが亡《な》くなったとき、この仕事があったから、ここまでやってこれたのよ。ミヒロにも、一生続けられる仕事についてほしいわ」

薬剤師《やくざいし》という仕事に、ほこりをもっているお母さんは、口ぐせのようにそう言う。

そう、うちにはお父さんがいない。

わたしが三つのとき、交通事故《じこ》で死んじゃったんだって。

お父さんのことは、ほとんど覚えていない。写真で見ると、わりとイケメンだった。

もし、お父さんが生きていたらって、ときどき考える。そしたら、なにかがちがっていたのかなって。

お母さんが「ああ、男の人がいたらね」と、ため息をつくのは、重たい家具を移動《いどう》させたり、家電の配線をしたり、ビンのふたをあけるときだ。

でもそれって、いてくれると便利な存在《そんざい》ってことでしょ。べつに、お父さんじゃなくてもいいわけだし。

わたしがちょっとうらやましいと思うのは、おとなりの金沢《かなざわ》さんちが、毎年夏休みになると、家族みんなで、山でトレッキングしたり、キャンプしたりすることだ。

金沢さんちのお父さんは、キャンプ道具を背負《しょ》って、地図を見て標識《ひょうしき》を確認《かくにん》して、目的地に家族を連れていく。そこでバーベキューとかして、家族のために、お肉とか野菜を焼くのだ。

これはもう、お父さんじゃなくちゃ、できないことだと思う。

でも、だからって、お母さんが再婚《さいこん》すればいいと、思ってるわけじゃない。

近ごろ、お母さんの話の中に、山中《やまなか》さんという人が、ちょくちょく登場する。薬局に出入りする製薬《せいやく》会社の人らしい。

カステラ系《けい》のお菓子《かし》が家にあるときは、たいてい山中さんのお土産《みやげ》だ。名古屋《なごや》コーチン卵《たまご》カステラ、チョコカステラ、いちごカステラ、抹茶《まっちゃ》カステラ、チーズカステラ、数えあげたらきりがない。

どうしてカステラなのかは知らない。

きっと、自分が好きなのだろう。わたしはひそかに、カステラの君《きみ》、と呼《よ》んでいる。お母さんも、山中さんのことがまんざらじゃないみたいだ。話題が豊富《ほうふ》で、やさしくて、おもしろくて、とってもいい人とほめちぎるので、わたしは一人で気をもんでいる。

もし、山中《やまなか》さんが新しいお父さんになったりしたら、どうしようと思うのだ。

お母さんにとってはいい人でも、わたしにとっていい人とはかぎらない。

それだけが、今のわたしのなやみだ。

あ、いや、もう一つある。

このヤボったいめがねだ。

うしろの席の岩城《いわき》さんが、めがねをコンタクトにかえたら、すごくかわいくなった。

「ミヒロちゃんもコンタクトにしたら、もっと美人になるよ」って言った。

わたしも、コンタクトにしたいって、お母さんにたのんだけど、小学生でコンタクトレンズなんて、早すぎると却下《きゃっか》された。

「目に異物《いぶつ》が入ったとき、自分でなんとかできるの？」

そう言われると、自信がない。

もう少し待ってみようと思っている。

でかけるまえに、チョコチップクッキーの袋《ふくろ》をやぶって、すばやく口にほうりこむ。あとは輪ゴムで口をしばって、保冷バッグにつっこんだ。それをかかえて玄関《げんかん》をでると、今にも雨がふりだしそうに、灰色《はいいろ》の雲がたれこめていた。

ついさっきまで、あんなに照りつけていたのに、近ごろのお天気はさっぱりわからない。いそいで中にもどって、カッパをだした。

家にカギをかけ、自転車のまえのカゴに、保冷バッグとカッパをつっこんで、ペダルをふみこんだ。

裏道《うらみち》を走り、いつもどおり二十分ほどでおじいちゃんの家に着いた。

この家に来る人は、たいてい庭の裏木戸から入ってくるけど、自転車は玄関わきのスペースに、とめることになっている。

植木鉢《うえきばち》に当たらないように自転車をとめて、玄関をあけると、ロクがお腹《なか》を引きずるようにでてきた。

「ロク。少しダイエットしないとモテないぞ」

ロクは、もっさりとしっぽをふって、わたしのあとを、よたよたとついてくる。

「こんにちは、おじいちゃん」

おじいちゃんは、庭に面したたたみの部屋《へや》で、座椅子《ざいす》にもたれて、本を読んでいた。

「おお、来たか」

おじいちゃんは、ごつごつした手をあげて、にやっとわらった。

「これ、いつもの」

保冷バッグを見せると、ああ、とうなずいた。わたしは、保冷バッグからタッパーをだして、冷蔵庫《れいぞうこ》に入れ、チョコチップクッキーを一個、ロクのまえにおいてやった。

「ねえ、おじいちゃん、人のためになにかをするときって、覚悟《かくご》がいるの？」

わたしは、気になることや、わからないことがあると、おじいちゃんにきく。

決してばかにしないし、わかりやすく答えてくれる。

「ほう、むずかしいことを言いだしたな。そりゃあ、なにをするかによるだろう」

「どういうこと？」

「その人のために、あえて危険《きけん》なことをするのなら、それなりの心構《こころがま》えはいるだろうな」

「うーん」

わたしは首をひねった。とくに危険なことをしたとは、思えないけど。

「なにかあったのか」

だれにも言わないって約束したけど、おじいちゃんならいいだろうと思った。

「あのね、こっそりプールで泳ぎたいって子に、見はりをたのまれたの。それって危険なことだったのかな」

「ふむ、もし、その子がおぼれたら、おま

えはどうする？」

「えっ、どうするって、まさかおぼれたりしないよ。その子、けっこう泳ぎうまかったし」

「うまい、へたの問題じゃない。急に足がつって、動けなくなることだってあるだろ。そのとき、どう対応するのか。先生への連絡《れんらく》は、消防《しょうぼう》への通報《つうほう》は、そんなことをきっちりと考えた上で、引きうける、それが覚悟《かくご》というものだ」

びっくりした。そんなにたいへんなこととは、思わなかった。わたしは、先生にバレて、しかられることばかり心配していた。

「水の事故《じこ》は、どこで起きるかわからんぞ。あまく見ちゃいかん」

「うん、わかった」

「しかしまた、なぜこっそりと泳がにゃならんのだ？」

「うーん……たぶん足に傷《きず》あとがあるから」

「ほう」

先をうながすように、おじいちゃんはあごの先をもちあげた。

「えっと、その子、転校生なんだけど、心臓《しんぞう》がわるいってことにして、プールの授業《じゅぎょう》にはでてないの。わたしにも、今日《きょう》のことはだれにも言わないでって」

なるほど、とおじいちゃんはしずかにうなずいた。

「その子は、からだだけじゃなく、心にも傷《きず》をかかえているかもしれんな」

つぶやくように言って、わたしを見た。

きっと、仲良くしてあげなさいと言いたいんだね。でもね、あの子、クラスのだれとも、うちとけようとしないんだよ。

今日だって、わたしがハラハラしてるのに、平気で時間をオーバーするし。

相手の気持ちとか、ちっとも考えてないみたいなんだよ。友だちなんてほしくない、みたいな顔をしてるし。

でもそれっきり、おじいちゃんはそのことにふれなかった。

「んじゃあ、そろそろやるか」

にやりとわらって、おじいちゃんが、奥《おく》から将棋盤《しょうぎばん》をかかえてきた。

おじいちゃんは、わたしの将棋の先生なのだ。当時、小学三年生だったわたしに「集中力がつくから」と、むりやり将棋をおしえようとした。

わたしは、イヤでしょうがなかったけど、おじいちゃんは、根気よく基本ルールと、将棋のおもしろさを伝えようとした。

というより、指す相手がほしかったのだろう。なにかと理由をつけては、わたしを呼《よ》びよせて、将棋盤のまえにすわらせた。

最初の半年はつまらなかった。

実力のある強いほうが、駒《こま》数をへらした状態《じょうたい》で指す「駒落ち」で戦った。

もちろん、おじいちゃんの駒をへらしてね。それでも、ぜんぜん話にならなかった。

さっさと終わりたかったので、すぐに「負けました」と言って、おじいちゃんをがっかりさせた。

でも、少しずつルールや駒の特徴《とくちょう》がわかってくると、おもしろくなった。

ときどき、おじいちゃんの将棋仲間《しょうぎなかま》の、吉岡《よしおか》さんていう人が、将棋を指しにくる。いつもハンチングをかぶって、パイプをくわえているけど、たばこはすわない。伊達《だて》パイプだ、という。好きな棋士《きし》のマネをしているのだそうだ。

たまに、わたしも仲間に入れてもらう。

もちろん、勝ちはしないけど「ほう、いい手を指すな」なんて言われると、すごくうれしくなる。

考える時間も長くなって、ずいぶんおじいちゃんを待たせるようになった。

わたしが、腕《うで》を組んで将棋盤《ばん》をにらんでいたら、

「ミヒロ、そろそろ、帰ったほうがいいんじゃないか」

外を見ていたおじいちゃんが言った。

「ひと雨きそうだぞ」

そう言い終わらないうちに、ドドッと雨が屋根をたたく音がしだした。

縁側《えんがわ》にいたロクが、あわててこっちにかけこんできた。

ゲリラ雨 ―― リサ

電話が鳴って、パパが、マンションの下まで来てる、と言った。

いってきます、とわたしはママのいる部屋《へや》に声をかけて、いそいで家をでた。

車で待っていたパパは、シャツの肩《かた》あたりを、すでにびっしょりとぬらしていた。

わたしが車に乗りこむと、ほら、と大判《おおばん》のハンカチをわたしてくれた。

「ひどい雨だな」

フロントガラスを見あげるようにして、パパもタオルで首のまわりをふいている。

それから、わたしのほうを向いて、ひさしぶりだな、と口もとをかすかにほころばせた。

わたしもコクンとうなずいた。

パパといると、ついからだがかたくなって、言葉がのどにはりついたみたいになる。

「さてと、どこに行こうか。行きたい店とか、食べたいものとかあるのかな」

「べつにない」

「そっか。じゃあ、パパにおまかせでいいか」

「うん」

よおし、とパパは車を発進させた。

「なにか変わったこととかあったかい」

まえを向いたまま、パパがきいた。

車の中では、おたがい顔を見ないで話せるので、気づまり感が少ない。

「えっと、今日《きょう》、泳いだ」

「えっ、泳いだ？　どこで？」

「学校のプールで」

「ほんとか？」

パパは、びっくりしたように、わたしのほうを向いた。目がまんまるになっている。

「と言っても、みんなが帰ったあと、だれもいないプールでだけど」

「なんだ、そうか。いや、それにしてもよく泳ぐ気になったな」

「うん。去年、ほとんど泳いでないから、二年ぶりかな」

「そうか。それでどうだった?」

パパの声は、なんだかうれしそうだ。

「泳いだのは、ほんのちょっとだけ。だれも来ないうちに」

「じゃあ、まだだれも、リサの足のことを知らないのか」

「うん。あ、一人だけ知ってる。プールの入り口で、見はりをしてくれた子だけど」

「ああ見はりか。なるほど」

急に、パパの声がしずんだ。

あきらかに、がっかりしていた。

見はりをたてて、こそこそと泳いだのが、気に入らないのだろう。

「その子は、リサの足を見て、なにか言ったかい」

「ううん。なんにも。ちょっとびっくりした顔してたけど」

「そうか」

そこで会話が途切《とぎ》れた。

雨脚《あまあし》がますます強くなった。

ワイパーが、猛《もう》スピードで雨をはじきとばしている。歩いている人は、傘《かさ》をさしていても、すでにびしょぬれだ。

赤信号で車がとまったとき、すぐ横を自転車に乗った女の子が走りぬけた。

赤いカッパを着ているけど、フードが風にとばされて、ほとんど役にたっていない。

「あれ」

「どうした?」

「うん、あの子……」

「あの赤いカッパの子か?　あの子がどうした?」

「今話した……見はりをしてくれた子みたい」
その子は、横断歩道《おうだんほどう》のまえでいったん自転車をおりると、自転車をおして走りだした。
けど、見ていると、もどかしくなるくらいのろい。
こんな雨の中を、どこに行くんだろう。
青信号が点滅《てんめつ》していた。
早くしないと、赤になっちゃう。
わたしは、ハラハラしながら見ていた。
そのとき、大型トラックが、自転車にかぶさるように右折してきた。
「あぶない!」
目のまえのトラックに気づいた女の子は、動転したのか、その場に立ちすくんだ。
おびえたように、固まっている。
わたしは、とっさにドアをあけてとびだした。うしろから、リサ! とパパの声が追いかけてきたけど、かまわずそのまま走った。

「早くわたって！」

女の子からハンドルをうばいとって、わたしは自転車をおして走った。

うしろを見ると、女の子が危《あぶ》なっかしげにかけてくるところだった。そのすぐうしろを、トラックが盛大《せいだい》な水しぶきをはねあげて走りぬけた。

「赤だよ！　いそがなきゃ！」

もたもたしてるのが、歯がゆかった。

横断歩道《おうだんほどう》をわたってきた女の子は、わたしを見ると目をみはった。

「本間《ほんま》さん！」

「だいじょうぶ？　ケガ、してないよね」

「うん」

「よかった。家まで送るよ」

「ううん、もうだいじょうぶだから」

そう言う声がふるえていた。

ちっともだいじょうぶには見えない。

「ここでちょっと待ってて。パパにことわってくるから」

パパの車は、信号をわたった先の、セルフサービスのガソリンスタンドの奥《おく》に停《と》まっていた。

わたしが走っていくと、パパは傘《かさ》をひろげて、運転席からでてきたところだった。

「パパ、わたし、あの子を送っていくよ。わるいけど、食事はまたにしていい？」

「おいおい、パパはおまえの保護者《ほごしゃ》だぞ。あの子をこの車につれてきなさい。パパは、事務所の人に、自転車をあずかってくれるように、たのんでおくから」

「わかった!」

わたしが、すぐに引き返そうとすると、

「ほら、傘《かさ》だ!」

パパは、もっていた傘をわたしにさしだした。わたしはそれをつかんで、もう一度信号をわたった。

女の子は、自転車のハンドルをにぎりしめて、心細そうにこっちを見ていた。

全身ぬれねずみで、ぼとぼととしずくがたれている。

「来て! パパが送ってくれるって!」

「でも……」

「いいから早く!」

わたしは、強引に女の子から自転車を引ったくると、傘をつきだした。

「あのガソリンスタンドまで走って!」

言われて、女の子は走りだした。

ちょうど、信号が青に変わったばかりだった。パパは、ガソリンスタンドの出入り口に立って、わたしたちを待っていた。

「自転車はここにとめておいて、明日《あす》にでも取りにくると、事務所の人に話してあるから、心配しなくていい」

女の子は、当惑《とうわく》したように眉《まゆ》をひそめてわたしを見た。

雨のしずくがいっぱいついためがねの奥《おく》の目が、不安そうにゆれている。

まるで、びしょぬれのおびえた猫《ねこ》みたいだった。

だいじょうぶ。わたしがうなずくと、女の子は、えんりょがちにパパに頭をさげた。

「よし、じゃあきみたちは、車に乗ってなさい。ぼくはこれをとめてくるから」

パパは、わたしから自転車をうけとると、ガソリンスタンドのすみまで引いてゆき、カギをかけた。

そのあと、事務所の人に声をかけてから、車に走りこんできた。パパもびしょぬれになっている。

「まさにゲリラ雨だな。さてと、まずカギを返しておこう。ところで、おじょうさんのお住まいは、どちらですかな」

パパがおどけたようにきいた。

「あ、あの……」

女の子は、からだをすぼめて小さくなっていた。顔色がわるいのは、雨にぬれたせいだろう。

とにかく、からだじゅうがベタベタして、それがシートにもくっついて、ものすごく気持ちわるい。パパが渡《わた》してくれたハンカチとタオルも、しぼればジャーと水が落ちてきそうだ。

「あの、えっと、ここを左にでて、スーパーの看板《かんばん》が見えるまで、まっすぐ走って、あ、あそこの薬局を左に」

女の子は、運転席のシートのほうにからだを乗りだして、パパに行き先を説明している。

何分もしないうちに、女の子の家に着いた。二階建ての古い家で、玄関《げんかん》のすぐ横にはガレージがあったけど、今はからっぽだった。

「帰ったら熱いシャワーをあびて、しっかりからだを温めるんだよ」

「ハイ、ありがとうございました」

ふかぶかと頭をさげて、女の子は車をおりた。玄関《げんかん》まで走っていって、ドアにカギをさしこんだところで、こっちをふり返った。

パパは、早く中に入るようにと、手で合図して車をだした。

車からうしろをふり向くと、まだこっちを見ている。

さっさと家の中に入ればいいのに。

グズグズしているのが、じれったかった。

それでも、ちゃんと送り届《とど》けられてほっとした。

「ありがと。パパがいてくれてよかった」

「ああ」

「すっかりぬれちゃったね」

「ああ、おまえもな」

パパは、運転しながらチラチラとわたしを見る。

「なに？　どうかした」

「ん？　いや、リサがこんなことをするとは思わなくて、ちょっと驚《おどろ》いてるんだ」

「迷惑《めいわく》だった？　そうだよね。シートもこんなにぬらしたし、シャツもグショグショだし、ごめん、パパまで巻《ま》きこんじゃって」

「そうじゃない。リサがとっさに雨の中にとびだして、友だちを助けに行くなんて、思いがけなくてね。今までのリサなら、こんなことをしたかな」

「……」

「少しずつ、リサも変わっているのかもしれないと思って、パパはうれしかったよ」

「……」

「だが、今日《きょう》の食事会は延期《えんき》だな。このままレストランに入ったら、つまみだされるかもしれんからな」

「うん……」

「どうした、急に元気がなくなったぞ」

「ううん、なんでもない」

ふいに、あの日の恐怖《きょうふ》がよみがえったのだ。

アキたちにさんざんからかわれ、追いかけられて、信号も見ないで、横断歩道《おうだんほどう》を走りぬけようとした。

次の瞬間《しゅんかん》、キイィーッと、ものすごいブレーキの音がして、目のまえでトラックが止まった。からだが固まって動けなくなった。

運転手が窓《まど》から顔をだして、大声でなにかさけんでいた。

それからあと、どうやって帰ったのか、ほとんどおぼえていない。

ただ、恐怖だけが残っていた。

どしゃぶりの中で、あの子がトラックのまえで、立ちすくんでいるのを見た瞬間《しゅんかん》、一年まえの自分のすがたと重なった。気がついたら、あの子のまえにとびだしていた。

落ちついた今になって、動悸《どうき》がして、からだがこわばってきたのだ。

「食事会は、近いうちにやり直そう。今度はちゃんと天気予報を調べておくからな。リサの予定があるなら、早めに教えておいてくれ」

記憶《きおく》が息をふき返すにつれ、パパの声が遠ざかっていく。思いだしたくない、まえの学校でのこと。

「電話するよ。リサもシャワーでちゃんと温まるんだぞ」

ワイパーの動きが少しおそくなった。

雨は、少し小ぶりになっていた。

リサとの距離《きょり》 ―― ミヒロ

あれだけふったきのうに比べると、今朝《けさ》はどこまでも夏空がひろがっている。

きのうは、うちについて十五分もしたら、雨も弱くなって、おじいちゃんから電話がかかってきたときには、うす日もさしはじめていた。おじいちゃんが言ったように、もう少し時間をずらして帰ればよかった。

あのとき、信号が変わりだしたけど、いそげば間に合うと思って、横断《おうだん》歩道《ほどう》にかけこんだ。

でも、目のまえに、トラックが立ちふさがった瞬間《しゅんかん》、からだが固まって動けなくなった。

そしたら、どこからか、いきなりリサがあらわれて、自転車をひったくって、有無《うむ》を言わさず横断歩道《おうだんほどう》をつっきった。

わたしはただ、リサにされるがままだった。

たしかに、あのまま歩道にいたら、事故《じこ》にあっていたかもしれない。

お母さんは、わたしの運動神経《しんけい》がにぶいのは、お父さんゆずりだと言うけど、あのとき、横断歩道で固まってしまったのは、運動神経のせいじゃない。

トラックにおしつぶされそうな、恐怖《きょうふ》を感じたからだ。だから、そこから救《すく》いだしてくれたリサには、すごく感謝《かんしゃ》している。

ただ、同じ年の女の子から、年下の子どもあつかいされて、あれこれ指示《しじ》をされて、あんまりいい気持ちはしなかった。

乙女心《おとめごころ》が傷《きず》ついたっていうか、ちょっとみじめな気分だった。

今日《きょう》、リサと顔をあわせるのが、なんだかおっくうだった。

でも、お父さんていう人は、いい感じだったな。やさしそうな雰囲気《ふんいき》で、リサの言うことなら、なんでもきいてくれそうで。

それに、母親とはちがう肉親って気がした。

うまく説明できないけど、お母さんがやわらかいクッションなら、お父さんはそのクッションをおいた、じょうぶないすみたいな気がする。リサは、いつでもそのいすに、安心してよりかかっていられるんだと思った。

あんなお父さんなら、いてもいいなと思う。

おっくうなのは、もう一つあった。

今日《きょう》は、水泳の級判定《きゅうはんてい》がある日だ。

プールはきらいじゃないけど、等級をつけられるとなると別だ。

あなたの泳ぎはこの程度《ていど》です。もっとがんばりなさい、と言われているみたい。

六年になると、クロールか平泳ぎのどちらかで、五十メートル以上を泳ぐと、四級をもらえる。

二十五メートルでも、五級だ。

わたしは、クロールはなんとか二十メートルまではいけるけど、平泳ぎは十メートルあたりで立ってしまう。等級は去年から六級のままだ。早く呼吸《こきゅう》をしようと、顔をあげすぎて、上半身がそってしまい、からだがしずんでしまうのだ。今年もたぶん、六級のままだろう。

水着とタオルを、ビニールのバッグに入れながら、ため息がこぼれた。

登校してすぐに、リサの席に行って、きのうはありがとうって言った。そしたら肩《かた》をすくめて「べつに」とそっぽを向いた。

うーん、べつに愛想《あいそ》よくしてほしいわけじゃないんだけど、なんだかなあ。

午後からのプールは、うんざりするほど暑かった。

判定《はんてい》のまえに、みんなそれぞれ、苦手な種目の練習をしていた。

リサは、いつものように　プールサイドのベンチで、みんなが泳ぐのを、じいっと見ている。

「いいよね、本間《ほんま》さん。泳がなくていいんだもん」

岩城《いわき》さんが、リサのほうをうらやましそうに見ながら、話しかけてきた。

岩城さんは、ぜんそくもちで、お医者さんから水泳をすすめられて、スイミングスクールにも行ってるらしいけど、ほんとはちっとも好きじゃないそうだ。

「わたしも、心臓《しんぞう》がわるかったらよかったな」

「ほんと？　じゃあお昼休みのドッジボールも、縄跳《なわと》びもやらないの？」

「えー、それはこまるぅ！」

キャハハと岩城さんは笑った。

わたしも笑いながら、ふっとリサのほうを見たら、けわしい表情《ひょうじょう》でこっちを見ていた。

ドキッとした。あわてて顔をそらした。

水の中で、わたしたちが楽しそうに笑ってるのを見ると、くやしいのだろうか。

このまえの泳ぎを見るかぎり、リサは水泳が得意みたいだ。

リズムがあって、動きがとても自然だった。

きっと泳ぎたいんだろうな。

もう一度、チラッとリサのほうを見たら、まだこっちをにらんでいた。

おねがいだから、そんな顔で見ないでよ。

ピッと笛《ふえ》がなって、吉岡《よしおか》くんの番になった。

サッカーは得意なのに、吉岡くんは水の中に入ると、てんでだらしがなくなる。

「吉岡くん、スタート」

先生が声をあげても、壁《かべ》にしがみついて、なかなかはなれようとしない。

プールは、じゅうぶん足がつく深さなのに、ふんぎりがつかないのだ。

「吉岡のヘタレ！」

友だちの明石《あかし》くんがさけんだ。

「明日《あした》になるぞぉ」

楠田《くすだ》くんもどなった。

吉岡《よしおか》くんは、二人のほうをにらんで、

「おまえら、おぼえてろよ！」

そう言って、パシャッと、顔から水につっこんだ。バシャバシャと、もがくように手をかきだした。けど、かけばかくほどからだはしずみ、ぜいぜいと、荒《あら》い息をして立ったのは、スタートから三メートルのところだった。

みんなのあいだから、笑いがもれた。

わたしも、つい笑った。

笑い顔の先に、リサの顔があった。

不機嫌《ふきげん》そうに、口をへの字に結んでいる。

一瞬《いっしゅん》で笑いが引っこんだ。

わたしの番がきて泳ぎだしたけど、リサが見ていると思うと、いつもよりもっと呼《こ》吸《きゅう》のタイミングが乱《みだ》れた。

結局、わたしの級判定《きゅうはんてい》は、やっぱり六級だった。なさけない気持ちでプールからあがった。

教室にもどると、待っていたようにリサがわたしの席にやってきた。

「話したのね」

低い声でボソリと言って、するどい目でわたしをにらんだ。

一瞬《いっしゅん》、なんのことかわからなかった。

「ぜったいしゃべらないって、言ったくせに」

からだじゅうから、怒《いか》りがふきだしているみたいだった。

そうか、あの傷《きず》あとのことかと、ぼんやり思った。でも、どうしてわたしがしゃべったと思ったのだろう。

「わたし、本間《ほんま》さんのこと、なんにもしゃべってないよ」

「じゃあ、わたしを見て笑ってたのは、なんだったの?」

「え?」

「二人でわたしを見て、おかしそうに笑ってたじゃない」

ひどい誤解《ごかい》だ。

「ちがうよ。そんなこと、話してたんじゃないよ」

「だったらなによ。ごまかそうとしても、わかるんだから」

「ちがうってば！」

つい、声が大きくなった。あわてて口をおさえて、あたりを見まわした。

さっきのことを説明すると、けわしかったリサの顔つきが、微妙《びみょう》に変わった。

「わたし、人のこと笑ったりしないから」

わたしが言うと、だまってリサは目をふせた。そのまま、どのくらい向かいあっていただろう。

「ごめん」

いきなりそう言うと、リサはサッと身をひるがえして、自分の席にもどっていった。

ふうっと、わたしは息をはきだした。

やっぱり、リサって苦手だなあと思った。

放課後、自転車をあずけたガソリンスタンドに行くため、バスを待っていた。

道路の反対側の、きのうリサとアイスを食べたバス停は、建物のかげになっている。

だけどこっちは、ようしゃなく日ざしが照りつけ、じっとしていても、ひたいから汗《あせ》がにじみだしてくる。

やがて、バスのぽっちりと黒っぽいかげが見えてきた。

ほっとしたとき、バスとは反対のほうから、こっちに向かって走ってくる子に気がついた。

バスが近づいてくるにつれ、走ってくる子のすがたもはっきりしてきた。リサだった。

そういえば、転校初日、バス通学だって言ってたっけ。

「すみません。友だちが来るので、ちょっと待っててもらえませんか」

わたしは、到着《とうちゃく》したバスのステップに足をかけたまま、運転手さんに声をかけた。

運転手さんは、だまってうなずいた。

わたしが、まえから二番目のあいた席にすわったとき、リサが息せき切ってかけこんできた。

「すみません！」

運転手さんの、すぐうしろに立ったリサの肩《かた》は、まだ勢《いきお》いよく上下していた。

おりるバス停が近づいて、わたしはボタンをおして立ちあがった。整理券《せいりけん》と料金を用意して、料金箱の横に立ったとき、

「おせっかい」

リサが、チラッとわたしを見て言った。

「え」

「でもアリガト」

びっくりした。気がついてないと思っていたのに。

バスをおりて、窓《まど》を見あげたら、リサがこっちを見ていた。ニコリとまではいかないけど、笑っているみたいだった。

わたしも、ちょっとだけ笑った。

ほんの二、三秒のあいだだった。

それだけなのに、小さくなっていくバスを見送りながら、ちょっと胸《むね》がドキドキしていた。しゃくにさわるような、そのくせくすぐったいような気分だった。

リサに悪気がないのはわかっている。

苦手だと思っているのは、強引さや、つっけんどんな態度《たいど》に、反発を感じているだけなのだろう。

公園の出会い　――リサ

ぜったい、わたしのことを笑ってるんだと思った。岩城《いわき》さんに傷《きず》あとのことをしゃべって、二人でおもしろがってるんだと思った。

でもちがったようだ。

わたしは人のこと笑ったりしないから、なんて、あいつに言われてしまった。

いつのまにか、人を信じられなくなっている自分がはずかしかった。

そのあと、帰りのバスに乗りおくれそうになったときにも、ミヒロに助けられた。

必死で走ったけど、まだずいぶん距離《きょり》があったし、無理かなと思ったのに、バスはわたしを待っててくれた。

ラッキーと思って乗りこんだら、ミヒロが目のはしに見えた。たぶん、ミヒロが運転手にたのんでくれたのだろう。

すなおに、ありがとう、って言おうとしたけど、そっけない言葉しかでてこなかった。

ミヒロが先におりて、こっちを見あげたから、思いきって、ちょっとだけくちびるのはしをもちあげた。

あ、みたいな顔をして、ミヒロもかすかに笑った。もう少しで、えくぼができそうな顔だった。そしたら、なんかひさしぶりに光がさしこんだときのような、まぶしい気分になった。あれ、なんだったんだろ。

はずむような、浮《う》き立《た》つような、自分でもよくわからない気持ちだった。

あ、いけない、次だ。おりなくちゃ。

いそいで降車《こうしゃ》ボタンをおして、定期券《ていきけん》を見せてバスをおりた。

おり立った瞬間《しゅんかん》、ドクンと胸《むね》が鳴った。

わたしのすぐ目のまえを、三人組の女子が歩いていく。アキ、コズエ、ハルカ。

まえの学校で、わたしをさんざんいためつけた子たちだ。こんなところで会うなんて。

わたしはその場に立ちつくして、その背中《せなか》をにらみつけた。

頭のなかに、ある場面がくっきりとよみがえってきた。給食のときだった。

給食当番のわたしが、おかずをつぎわけていたら、ふいに耳もとで声がした。

「やだなあ、本間《ほんま》さんに給仕されたんじゃ、気持ちわるくって、給食が食べらんないよぉ」

アキが憎《にく》らしそうに言った。

「ねえ、今すぐどっかに行ってよ。わたしたちの目が届《とど》かないとこなら、ここじゃなかったらどこでもいいからさぁ」

すぐにコズエが続ける。

「十数えるあいだ、待っててあげようよ」

一、二、三、とハルカが数を数えはじめる。

すると、三人が声を合わせてカウントをしだした。だれもとめる子はいなかった。

その場にいられなくなって、わたしは教室をとびだした。

プールに入るのを、邪魔《じゃま》されたこともある。

プールサイドを歩いていると、うしろからドンとおされてまえにつんのめり、そのままコンクリートの床《ゆか》にたおれた。

上体をおこしてまわりを見まわすと、三人がわたしを見下ろして笑っていた。

「どうしたの？　なんでもないところでころんじゃって」

「やだ、ひざから血がでてるじゃん。そんなんで、プールに入られたら、バイキンがうつっちゃうよぉ」

「もうおうちに帰ったほうがいいんじゃない」

泣くもんか。泣いたらあいつらを喜ばせるだけだ。歯をくいしばり、爪《つめ》がくいこむまで指をにぎりしめた。

今思いだしても、からだの奥《おく》から怒り《いか》がこみあげてくる。

その三人組が、わたしのまえにいた。

キャアキャアとふざけあいながら、道はばいっぱいに広がって歩いている。

わたしは、しばらくそのうしろ姿《すがた》をにらみつけてから、背中《せなか》を向けて歩きだした。

やめよう。もうあんなことは、頭の中から追いだしてしまおう。自分を苦しめるだけだ。そう思ったとき、

「リサじゃん。おーい、リサ」

うしろから、わたしを呼《よ》ぶ声がした。

ハッとした。

声とともに、こっちに向かってくる足音がする。わたしは思わず走りだした。

逃《に》げるな！

自分に命令した。でも、足は止まらなかった。ますます速度をあげて、一刻《いっこく》も早くそこから立ち去ろうとした。

すぐに、声はきこえなくなった。

それでも、スピードはゆるめなかった。

気がつくと、笹風《ささかぜ》公園に来ていた。

息が切れて、すぐそばのベンチにすわりこんだ。汗《あせ》ぐっしょりになっていた。

少しは強くなったと思っていたのに、ちっとも変わってない。あのときのままだ。

自分がなさけなかった。

しばらくすわっていると、少しずつ動悸《どうき》もおさまってきた。

この公園は、児童公園のような、すべり台やブランコや、砂場《すなば》のようなものはなにもない。木が多くて、うっそうとしていて、公園というより、雑木林《ぞうきばやし》といったほうがいいくらいだ。

そのせいか、ほとんど子どもの姿《すがた》を見かけない。それが、わたしには都合《つごう》がよかった。林の中を、歩道がうねうねと続いて、道なりに歩くと、公園をぐるっと一周するようにできている。

夏のあいだは、セミの合唱《がっしょう》がうるさいくらいだけど、夏鳥の声もきける。

公園の中央ふきんに、白い蝶《ちょう》のような花びらの花が咲《さ》く、背《せ》の高い木があった。名前は知らないけど、あの木の下にいると、気持ちがおだやかになる。

あの木まで行こう。

心を落ちつかせるように、ゆっくりと歩いた。汗《あせ》が引いていくにつれて、木々のこずえのあいだから、鳥のさえずりがきこえてくる。

目当ての木の下までくると、リュックをおろして木を見あげた。

空に向かってどこまでも枝《えだ》がしげり、葉っぱにおおわれている。胸《むね》いっぱいに空気をすいこんで、はきだした。なんどもくり返すうち、肺《はい》の中が、きれいな空気で満たされるのを感じた。気持ちもやわらかくほぐれていく。

木によりかかって目を閉《と》じた。

まぶたのうらに、あわいグリーンがひろがった。からだから力がぬけでて、からっぽになっていく気分だ。

どのくらい、そうやっていたんだろう。

ふいに、目のまえが暗くなった気がした。

ハッとして目をあけると、わたしのまえにおじいさんが立っていた。

あわててからだを起こした。

おじいさんは、手をうしろにまわし、からだをそらせて木を見あげていた。

いつからいたんだろう？　このおじいさん。

白髪頭《しらがあたま》に、白いポロシャツとベージュのパンツをはいて、足もとは白いスニーカーだった。

わたしが見ているのに気がつくと、

「おっとすまん、じゃまをしたかな」

そう言って、心配そうな表情《ひょうじょう》を浮《う》かべた。

わたしが首を横にふると、そりゃよかった、と笑顔を見せた。

「この木が好きかね?」

幹《みき》をなでながら、おじいさんがきいた。

わたしがうなずくと、

「ヤマボウシというんだ。わたしもこうやって、こいつにふれているだけで、ほおっと気もちがなごんでくる」

おじいさんは、目を細めてほほえんだ。

目じりにはいっぱいしわがよって、ほっぺたにも茶色のシミがあるけど、つやつやと血色もいいし、からだもシャキッとのびている。

そんなおじいさんの足もとで、ころころ太った犬が、しきりにしっぽをふって主人を見あげていた。

なに不自由ない、しあわせな家庭をもった老人、そんな印象だった。そしたらふいに、いじわるな気持ちがこみあげてきた。

「それだけ年をとっても、気持ちをなごませなきゃなんないことがあるの?」

わたしの質問《しつもん》に、おじいさんはおどろいたようにまゆをあげた。

「うむ、きみのような若《わか》い人とは、またちがうなやみだろうがな」

「たとえばどんな?」

「この年になると、先はもうあまり長くない。そろそろ、その準備に取りかからにゃならん。これがなかなかにむずかしい」

そう言って、肩《かた》をすくめて笑った。

たしかに、今日《きょう》、明日《あす》をどうするかなやんでいるわたしとは、なやみの種類がちがう。

「どっちがつらいのかな」

心の中でつぶやいたつもりが、言葉になってでていった。

「そうだな、神さまは、乗りこえられる試練《しれん》しか、与《あた》えないというからな。それぞれの年齢《ねんれい》に、見合うものじゃないのかな」

ちぇっ、うまく逃《に》げられちゃった。

「つらいときは、木に語りかけるといい。なにもかも、だまってすいとってくれるからね」

おじいさんは、すうっと大きく息をすいこんで、ふうっとはきだした。

「やっぱりここの空気はうまいな」

ひとり言のように言って、またわたしのほうを見た。

「だがね、いくら傷《きず》ついても、人とのつながりを切ってはいけないよ。傷つけるのも人だが、なおしてくれるのも人だからね」

この人、きっと、わたしみたいな子どもをつかまえては、お説教《せっきょう》まがいのことを言ってるんだ。

あのね、そんなのはまやかしだよ。

わたしをわかってくれる人なんか、だれもいやしないんだから。

あんただってだって、他人のことだから、そんなことが言えるんだよ。

「わたし、もう帰らなくちゃ」

わたしはリュックを背負《せお》うと、おじいさんに、じゃあ、と言った。

「ああ、気をつけてな」

おじいさんは小さくうなずいて、ひたいの横で敬礼《けいれい》のように手をつけた。

へんなおじいさん。

わたしは、その場から走って公園をでた。

走っているうち、来たときのささくれた気持ちが、消えていることに気がついた。

夏休みの宿題 —— ミヒロ

もうすぐ夏休みだ。

お母さんは、フルタイムではたらいているから、どこかへ連れていってもらう、なんて期待はしていない。

それでも、長い休みはうれしい。

テレビのまえでゴロゴロしても、何時間ゲームをしても、お昼ごはんのかわりに、ポテチを食べても、だれも文句を言う人はいない。

一日が全部、わたしの時間になる。

そう思っていたら、夏休みになる直前、先生がとんでもないことを言いだした。

「きみたちにとって、今年は小学校最後の夏休みになります。そこで、今までとは少しちがう夏休みにしてほしいと思います」

「えー、どんなふうにちがえるんですかぁ?」

さっそく、ブーイングっぽい声があがる。

「夏休みのあいだに、自分の苦手なものを、一つ克服《こくふく》すること。なんでもいいです。漢字《かんじ》が苦手な人は、一学期に習った漢字を全部おぼえる、というのもいいし」

「えー!」

「読書が苦手な人は、がんばって課題図書を全部読んでみるのもいい」

「キャー!」

「運動が苦手という人は、毎朝、ランニングをするっていうのもいいんじゃないか」

「やだぁー!」

教室の中が、急にさわがしくなった。

「新学期になったら、克服したことを発表してもらいます。今から配る紙に、名前と自分が克服しようと思うことを書いて、夏休みが始まるまえまでに、提出《ていしゅつ》すること」

「ええー!!」

ブーイングのあらしだった。

「先生、おれ、ゲームが苦手なので、それを克服《こくふく》するっていうのでもいいですかぁ」

「あのなあ、うちの子は一日三時間もゲームをするんですって、おまえのお母さん、なげいてたぞ」

「ちぇ、バレてたか」

「おれ、やっぱ水泳って書かなきゃダメかなあ」

吉岡《よしおか》くんが、なさけなさそうな声をあげた。

「ピーマンが苦手だから、これを食べられるようになるんでも、いいですかぁ」

「いいか、これはだれのためでもない。きみたち自身のためだ。苦手なものをごまかしても、なんの得にもならんぞ」

先生は、ぐるっとみんなを見まわして、一人一人の顔に視線《しせん》をあてていく。

先生って、どうして子どものいやがることを、させようとするんだろう。

せっかくの夏休みが台なしだよ。

チラリとリサのほうを見ると、ほおづえをついて、外を見ていた。

リサはなんて書くんだろう。

そう思っていたら、リサがふっとこっちを向いた。その拍子《ひょうし》にばっちり目があった。

ムクッと、いたずら心がわきあがった。

目玉をまん中によせ、口をつきだした。息をすいこんでほっぺたをすぼめ、思いきりヘン顔をつくった。

は？　というように、リサはまゆをよせた。

仲良くしようよって意味だよ、とこんどはにっこり笑ってみせた。

けど、通じなかったのか、リサはすっと目をそらせてしまった。

わたしの笑いは、肩《かた》すかしをくったみたいに、宙《ちゅう》ぶらりんになった。あーあ、ダメだ。

あのとき、ほんのちょっと、気持ちが近づいたと思ったのは、思いちがいだったのかなぁ。ため息がもれた。

先生が、決めた人は今書いて提出《ていしゅつ》してもいいぞ、と言いながら、用紙を配っていく。

すぐに鉛筆《えんぴつ》を走らせる子もいた。

そのとき、明石《あかし》くんが、「お！」と声をはりあげた。吉岡《よしおか》くんの手もとをのぞきこんで、大声で読みあげた。

「吉岡の克服《こくふく》したいものは、水でーす」

一瞬《いっしゅん》、みんなキョトンとした。

三秒後、どっと笑いがおきた。

「て、これ、泳ぐまえの段階《だんかい》じゃん」

「るせえっ」

吉岡くんは紙をかくしながら、明石くんの頭をバシッとはたいた。

でも、人ごとじゃなかった。

わたしも、苦手なものはいっぱいある。

まず朝が苦手だ。お母さんに起こされても、なかなか起きられない。起きても、しばらくは頭がぼんやりして、さっと用意ができない。それに、服の組み合わせも苦手だ。

いつもT《ティー》シャツとデニムのスカートという、無難《ぶなん》な格好《かっこう》ばかりになる。センスのいいリサがうらやましい。

算数も苦手だ。数字を見ただけで、目がチカチカしてくる。

給食の牛乳《ぎゅうにゅう》も苦手だし、水泳もマラソンも苦手。手芸とか編《あ》みものも、たいてい途中《とちゅう》でほうりだしてしまう。

本気で取り組む気がないからだと、お母さんは言う。でも、今のわたしがほんとに苦手なのは、そんなんじゃない。

一番の苦手《にがて》は、本間《ほんま》リサだ。

気になるけど、近寄《ちかよ》りにくい。

話しかけたいけど、フンと鼻であしらわれそうでできない。でも、人の名前を書く

なんて、ちょっとためらってしまう。
平泳ぎって書こうとしたけど、それじゃちがうと思った。
ずいぶん迷ったあげく、思いきって「本《ほん》間《ま》リサさん」と書いた。
書いたからには、克服《こくふく》しなくちゃいけない。
でもどうやって?
そのときから、わたしの頭の中に本間リサがいすわってしまった。
夏休みになった。
わたしは、だいたい一日おきに、二人分

のお弁当《べんとう》をもって、おじいちゃんのところに行く。宿題をして、お弁当《べんとう》を食べて、将棋《しょうぎ》を指して帰る、というのがほとんどだ。

ある日、おじいちゃんが留守《るす》だった。

わたしが、家をでたのがおそかったから、来ないと思ってでかけたのかもしれない。

預かっているカギで中に入って、待っていたけど、なかなか帰ってこなかった。

今日の分の宿題をすませても、お腹《なか》がすいて、先にお弁当を食べてしまっても、まだ帰らない。おじいちゃんちのテレビは、地上波だけだから、おもしろい番組もない。

だんだんたいくつしてきた。

ロクでもいれば、遊んで待っていられるのに、連れていったようだ。

「ちぇ、もう帰ろっかな」

口にだしてそう言ったとき、玄関《げんかん》で音がした。

「おう、ミヒロ、来てたのか」

おじいちゃんのほがらかな声がした。

「どこに行ってたの?」

「公園だ、すぐそこの」

「朝から? こんな時間まで?」

時計はそろそろ一時になろうとしている。

「うむ、友だちができてな、すっかり話しこんでしまった」

おじいちゃんはニコニコと機嫌《きげん》がいい。

なんかおもしろくない。

ロクに、残しておいた卵焼《たまごや》きをだしてやると、すぐにとびついた。

おじいちゃんも、手を洗《あら》うとさっそくお弁当《べんとう》のふたをとった。

「あ、そうだ、今日《きょう》は吉岡《よしおか》さんが、将棋《しょうぎ》を指しにくるんだったな」

わたしがいれたお茶を飲みながら、思いだしたように言った。

あんなに楽しみにしていた、将棋の約束をわすれそうになるなんて。

新しい友だちとのおしゃべりが、よっぽど楽しかったんだと思うと、ちょっとしゃ

くにさわった。もしかして、ガールフレンドでもできたのかな。

二時を少しまわったころ、吉岡《よしおか》さんがやってきた。いつものようにハンチングをかぶって、伊達《だて》パイプをくわえている。

びっくりしたのは、吉岡さんのうしろから、顔をのぞかせた男の子を見たときだ。

「吉岡くん！」

「お、椎名《しいな》じゃん！　どうしておまえがここにいるんだよ」

「こっちこそききたいよ。ここはわたしのおじいちゃんのうちだよ」

「マジかよ！　おれは、同い年で将棋《しょうぎ》を指

す子がいるってきいたから、じいちゃんにくっついてきたんだよ」

「え、吉岡《よしおか》さんて、吉岡くんのおじいちゃんなの？」

「そうなんだよ。こいつ、小さいころから、わしが指してるのを見て育ったもんだから、いつのまにかおぼえちゃってね」

吉岡さんが、照れくさそうに説明した。

「どうかすると、わしよりいい手を指したりするんだから」

「ほう、そりゃたのもしい」

うれしそうに笑っていたおじいちゃんが、ふっと表情《ひょうじょう》をひきしめた。

しばらく考えるように首をかしげていたが、

「なあ、どうだろう、ここに、もう一人、同じ年ごろのメンバーを、加えてもらうわけにはいかんだろうか」

そう言って、わたしと吉岡くんを見た。

「へえ、ほかにも将棋《しょうぎ》を指す子がいるの？」

「いや、将棋《しょうぎ》は指せないと思うが、そのなんだ、仲間に入れるという意味で、たのんでるんだが」

なんかはっきりしない言い方だ。おじいちゃんらしくない。

「そりゃ、おれはいいけど」

わたしを見ながら、吉岡《よしおか》くんが言った。

「でも、ただ見てるだけなら、すぐにあきちゃうんじゃないかなあ」

「うーん、だよなあ」

吉岡くんもうなずいた。

「いや、それでいいんだ、うん」

よくわからないけど、おじいちゃんなりに、考えるところがあるのだろう。

とりあえず、次回の集まりに連れてくることになった。つまり、来週の今日《きょう》ということだ。

おじいちゃんが連れてくる子って、どんな子なんだろう。ちょっと興味《きょうみ》がわいてきた。

この日、吉岡《よしおか》くんと初めて対局した。

けっこう手ごわい相手だ。

棋盤《きばん》をにらんだまま、しぶとくねばる吉岡くんを見ていると、プールでもがいていたのが、別人のような気がする。

「ねえ、克服《こくふく》する宿題はどうするの？」

「うーん、夏休みはまだ長いし、そのうち考えるよ」

腕《うで》を組んだまま、駒《こま》から目をはなそうとしない。水泳なんて、ぜんぜん意中にないみたいだった。ちなみに、この日の勝負はわたしの負け。

克服《こくふく》したいこと ―― リサ

きのう、苦手なものを書け、って紙が配られた。それを、夏休み中に克服すること、だって。しかも、夏休みがあけてから、発表するんだって。つまんないことさせるなあ。

先生が克服の意味を説明してたとき、わたしは外を見ていた。

今日《きょう》も暑くなりそうだなあ、プールで思いきり泳ぎたいなあ、なんて思ってた。

で、向きなおったら、ミヒロと目があった。

すると、ミヒロはいきなり顔をしかめて、ひょっとこみたいに口をつきだした。

は？　なんのまね？

そしたらこんどは、ほこっと笑いかけてきた。

人なつこい、すごく親しげな笑いだった。

こんなふうに笑いかけられたことって、どのくらいぶりだろう。

なんだかドギマギして、どうしたらいいかわからなくて、つい目をそらしてしまった。

あとで、こっそりミヒロのほうを見たら、となりの子となにか話していた。

大事なものを、うけ取りそこなったような気がした。わたしも笑って返せばよかったかな、なんてちょっと思った。

そういえば、公園であったおじいさんも、ミヒロとどこかおなじような雰囲気《ふんいき》がある。となりにいると、ぽかぽかしてくるような。

近ごろ、公園に行くと、よくあのおじいさんに会う。いつも、よく太った犬を連れて、公園をぶらぶら歩いている。

今日《きょう》の午後も、わたしを見ると、よおって手をあげてニコニコ笑いかけてきた。

「一人かね?」

「友だちなんていないし」

「そりゃさみしいな。じゃあここに来て、わたしと話すかね。こんなじいさん相手じゃ、おもしろくないだろうが」

「そんなことない。おじいさん、家族は?」

「近くに、娘《むすめ》と孫《まご》が住んでいるが、ふだんはこいつと二人暮《ふたりぐ》らしだ」

「ふうん、さびしくないの?」

「うーん、考えたこともなかったな。いつもそばに、家族の存在《そんざい》を感じているからね」

「仲がいい家族なんだね。うちは、わたしの不登校のせいで、パパとママは別居中《べっきょちゅう》だし」

わたしはしゃがみこんで、犬の頭をなでた。手入れが行《ゆ》き届《とど》いていて、毛がさらさらしている。

「みんなバラバラってカンジ。今からどうなるんだか」

知らない人だと思うと、自分のことも気楽に話せた。なのに、

「そうか、そりゃあつらいだろうなぁ」

しみじみとした声で言われて、思わず胸《むね》がつまりそうになった。

「だがね、家族のきずなは、そう簡単《かんたん》に切れるもんじゃない。そのうち、つらかったことも、からみあった糸も、きっとほぐれるときがくる」

いつか、パパとママが仲なおりする日がくるって？　もとのように三人で暮《く》らす日がくるって？　いいかげんなこと、言わないで。

「わたしの孫《まご》も、きみとちょうど同じ年ごろだ。一度遊びにこんかね。話が合うかもしれんぞ」

「わたし……友だちなんか」

つくる気なんかない。そんなの、ぜったいおことわりだ。

おじいさんの孫だからって、話が合うとはかぎらない。それどころか、反対の確率《かくりつ》のほうがずっと高い。

わたしが首をふると、その気になったときでいいさ、とおじいさんは笑った。

おだやかな笑い顔を見ていると、ふと、きいてみたくなった。

「ねえ、子どものころのおじいさんて、苦手なことってあった？」

「ああ、あったとも、いっぱいいな」

「へえ、その中でもこれはっていうのは？」

「うーん、ちょっとはずかしいが、あれだな、寝小便《ねしょうべん》」

「えっ、おねしょ？」

「わたしの場合は、五年生になってもなおらなかったから、夜尿症《やにょうしょう》というらしい。母親が布団《ふとん》を干しているのを見ると、じつになさけなかった」

おじいさんは、思いだしたようにまゆをよせた。おじいさんが、おしっこをもらして、しょんぼりしてるのを想像すると、わるいと思っても笑いがこみあげてくる。

「それで、どうやってなおったの？」

「夜尿症は、成長期の一時的な症状《しょうじょう》だから、成長するにつれてなおるものなんだよ。だが、修学旅行《しゅうがくりょこう》のときはなやんだ」

「行ったの？」

うむ、とおじいさんはうなずいた。

「寝小便《ねしょうべん》ごときで、修学旅行《しゅうがくりょこう》をあきらめるのはくやしかったからな。とにかく水分をとらないで、夜中にトイレに起きればいいと思った」

「うまく目がさめたの？」

「おやじの、タイマーがついた腕時計《うでどけい》を借《か》りたんだ」

「へえ、それで？」

「十二時にタイマーが鳴って、トイレに行った。これでもう安心だと思った。だが、明け方、腰《こし》のあたりに生温《なまあたた》かい感じがひろがって、あわててシーツをさぐったら」

おじいさんは、まゆげを八の字に下げた。

「見事にビショビショだった」

「わっ、ヒサン」

「あとあとまで、さんざんからかわれたなあ。だが、からだを温めるのがいいと、南瓜《かぼちゃ》や山芋《やまいも》をもってきてくれた女の子がいた。しょんべんをしてるとき、くっと一回止めるといいらしいぞ、といっしょにツレションをしてくれたやつもいた。そいつとは、今でもつきあっているがね」

おじいさんはニヤリと笑った。

「あのときが、わたしのターニングポイントだったな」

「どういうこと?」

「グズグズなやむより、声をあげたほうが生きやすいと知ったんだ。それからわたしも変わった」

「声をあげるって？」

「なやみをうちあけて、自分から助けを求《もと》めるんだよ」

そしたら、だれかが手をさしだしてくれるっていうの？　うそだ、そんなの信じられない。

「必ずいるんだよ」

わたしの心の声がきこえたみたいに、おじいさんは力強く言った。

おじいさんと別れたあと、家に帰って部屋《へや》で宿題の紙をひろげた。

克服《こくふく》したいこと、とだけ書いた紙をまえに、しばらく考えた。

提出《ていしゅつ》の期限《きげん》は明日《あした》だ。

ペンケースから鉛筆《えんぴつ》をとりだした。

これを書いたからといって、克服できるなんて思ってない。

だれかが助けてくれるとも、思ってない。

でも、克服《こくふく》したいのはたしかだ。
深呼吸《しんこきゅう》して、鉛筆《えんぴつ》をにぎりなおし、ひと文字ずつていねいに書いた。
克服したいこと――ありのままの自分を受け入れること。

お母さんが再婚《さいこん》？ ―― ミヒロ

お母さんが、今度の土曜日、山中《やまなか》さんがお昼ごはん食べにくるから、って言った。お世話になってる人だから、ミヒロもちゃんとごあいさつしてね、って。

とうとうきた！

わたしと山中さんを、引き会わせるつもりなのだ。しかもお母さんは、お得意の手料理で、山中さんの胃袋《いぶくろ》もつかもうとしている。

ふだんの料理で、お母さんが腕《うで》をふるうなんてめったにないから、お客さんが来ること自体は歓迎《かんげい》だ。

けど、わたしと山中さんを会わせるということは、すでに家族になることを、決めてるってこと？

もう、そんな約束をしてるってこと？

わたしに、新しいお父さんができるってこと？　わたしにひと言の相談もなく？

でも、もし会ってみて、ヘンな人だったらどうしたらいいの？

わたしがいやだって言ったら、お母さんはことわってくれるの？

いろんなことが、頭の中でごちゃごちゃにふくれあがって、パニックになりそうだった。

「なんの料理がいいかなあ。やっぱりイタリアンかなあ」

お母さんは、パラパラと料理の本をくりながら、のんびりした調子で言う。

わたしがどう思っているかなんて、ぜんぜん考えてないみたい。なんだかムシャクシャしてくる。

「ミヒロはなにがいい？」

「なんでもいい」

ついブスッと答えてしまった。

今度の土曜日は、おじいちゃんちで、おじいちゃんが連れてくる子と対面する日だ。

みんなが集まるのは二時。

山中《やまなか》さんは、十二時ごろに来るというから、お昼ごはんを食べてから行けばいい。

ちょっとだけ楽しみにしていた。

でも、そんな気持ちも、どこかにふっとんでしまった。


お母さんが、お昼の直前になって、デザートの果物《くだもの》を買うのわすれた、って言いだした。

「ごめん、ひとっ走りスーパーまでお願い！」

そんなの、まえもって買っとけよ、ってツッコみたくなったけど、今さら言ってもしかたがない。

自転車を引っぱりだして、スーパーまで走った。この際《さい》だと思って、いつもは食べない高級そうなメロンにした。

メロンをカゴに入れて、うちのまえまできたら、知らない男の人が、玄関口《げんかんぐち》に立っていた。

インターホンに手をかけてはもどし、腕時計《うでどけい》を見ては大きく息をはき、ハンカチでひたいの汗《あせ》をぬぐっている。

この人が、カステラの君《きみ》？

背《せ》は高くもなく、低くもない。

やや小太りで、紺《こん》と白のボーダー柄《がら》のポロシャツを着て、ベージュのコットンパンツをはいている。手にもっているのは、まちがいなくカステラのお土産《みやげ》だ。

とくに変わったところはない、どこにでもいそうなふつうの人だ。

「あの」

声をかけると、その人がハッとしたようにふり向いた。

「山中《やまなか》さんですか？」

「はい、あ、ミヒロちゃん……かな？」

山中《やまなか》さんの顔に、パッとお日さまがあたったような笑顔が浮《う》かんだ。

わたしはうなずいてドアをあけ、中に向かって声をはりあげた。

「お母さん、山中さんだよ！」

わたしの声に、お母さんがとびだしてきた。

「まあ、いらっしゃい！　お待ちしてましたよ」

お母さんが、はなやいだ声をあげた。

さあさあどうぞどうぞと、山中さんを引っぱりあげるように、中へと案内する。

「ちょっと早いかと思ったんですが、玄関先《げんかんさき》でミヒロちゃんに会っちゃって」

「時間に正確《せいかく》な山中さんらしいわ」

山中さんは、少し背中《せなか》をまるめて、お母さんのうしろからついていく。

「しばらくここで、ミヒロとおしゃべりでもしてらしてね。すぐにお食事にしますから」

リビングに山中さんを残し、わたしに目くばせをすると、お母さんは台所に消えた。

ちょっと、なに、それ。初対面のわたしたちが、二人きりでなにを話せっていうの。

腹立《はらだ》たしい気もちが、どんどんふくれあがって、それが顔にもでているのがわかる。

山中《やまなか》さんも、ソファに浅くこしをおろして、そわそわしている。

「あ、そうだ、これ、評判《ひょうばん》のお店のカステラなんだ。あとで、みんなで食べようね」

そう言って、わたしに紙袋《かみぶくろ》をさしだした。

こう毎度、毎度、カステラばっかりもってくるって、この人、どういう神経《しんけい》しているんだろう。

改めて間近で見ると、山中さんは色白でまるい顔をしていた。前髪《まえがみ》がやや後退《こうたい》して、おでこが広い。目も口も小さいけど、鼻だけがあぐらをかいていた。

お母さんと同じ年ぐらいだと思うけど、独身《どくしん》ってことは、やっぱり奥《おく》さんが亡《な》くなったのかな。そんなことを思っていたら、

「ミヒロちゃん」

ふいに名前を呼《よ》ばれた。

「いきなり、こんなおじさんがあらわれて、ビックリしただろうね。いやあ、もうしわけない。休みの日に、一人で家にいるとさみしくって、お母さんにさそってもらってうれしくて、ついのこのことでてきてしまった」

照れくさそうな顔で、山中《やまなか》さんは頭をかいた。いかにもお人よしに見える。

でも、さみしいなんて、初対面の相手、しかも子どもに言うだろうか。それとも、同情《どうじょう》を引こうとしているのかな。

「じつはね、おじさん、結婚《けっこん》してたことがあるんだ」

「はあ……」

「けど、仕事に夢中になって、気がつかないうちに、奥《おく》さんをほっぽりだしてたんだね。おき手紙を残して、でていかれちゃったんだ。家族になれないなら、結婚《けっこん》した意味はありませんって。こたえたなあ。あれから、もう何年になるんだろう」

窓《まど》の外を見ながら、山中《やまなか》さんは思いだすような目をした。

「だから、もし縁《えん》があって、もう一度結婚するようなことがあったら、どんなことがあっても家族を大切にしようって、心に決めてるんだ」

山中さんは、今度はまっすぐわたしを見て言った。

胸《むね》がドクドクした。

あまりにも正直《しょうじき》に、ストレートに言われると、どう反応したらいいのかわからない。

「できたわよぉ！　山中さん！　ミヒロ！」

お母さんのはりきった声が、台所から呼《よ》んでいる。

「今後、ときどきおじゃまするかもしれないけど、いいかなあ」

来ないで、なんて言えるわけない。

小さくうなずくしかなかった。

「ありがとう。ほっとしたよ」

山中《やまなか》さんは、まるい顔をますますまるくして、無邪気《むじゃき》な子どものように笑った。

お母さんは、この笑顔にヤラれたのかもしれない。

「行こうか。お母さんを待たせちゃわるいから」

山中さんは、先に立って食堂に行く。

食卓《しょくたく》には、お母さんの得意料理がどっさりと並《なら》んでいた。

「わあ、すごいな。こんなに食べきれるかな」

うれしそうな声をあげて、山中さんは目をかがやかせた。

「家庭料理ばっかりだから、特別なものはなにもないのよ。でも量だけはあるから、たっぷりめしあがってね」

お母さんはビールの栓《せん》をぬいて、山中さんのグラスに注いだ。

「今日《きょう》はお招《まね》き、ありがとうございます」

山中《やまなか》さんは、目を細めてグラスをもちあげた。お母さんが、山中さんのグラスに、自分のグラスをカチンと合わせた。

目には見えないけれど、二人のあいだは、すでに強い糸でつながれているような気がした。

食事が終わって、メロンも食べたところで、わたしはぬけることにした。

そろそろ一時半になるから、でかける時間だ。お母さんたちだって、二人きりで話したいこともあるだろう。

どうぞごゆっくり、とあいさつして、わたしはおじいちゃんのところへ自転車をとばした。外は焼けつくような暑さだったけど、わたしの頭はさめていた。

今から先、二人がどうなるのかはわからない。今日のところは、将来《しょうらい》に向けて歩きだしたという感じだった。

わたしが反対する理由はなにもない、そう自分に言いきかせた。

おじいさんの家へ――リサ

おじいさんに何度か誘《さそ》われるうち、ふっと行ってみようか、という気になった。

どうしてそう思ったのかわからない。

ただ、このままじゃいけないとは、思っていた。一日中うちに閉《と》じこもったまま、だれとも話さず、本を読むか、ゲームをするか、テレビを見るかの毎日だった。

これじゃあ、登校拒否《とうこうきょひ》をしていたときのわたしに、もどってしまう。

ますますパパにきらわれてしまう。

せめて外にでなくちゃ。

でも、どこへ行こう。行きたいところなんて、どっこもないのに。

おじいさんのところしか、思いつかなかった。だけど、なかなか気持ちが決まらない。

おじいさんのうちに行って、孫娘《まごむすめ》という子に会ったとして、どう接《せっ》したらいいんだろう。

なにを話せばいいんだろう。

やっぱり来なければよかったと、後悔《こうかい》するかもしれない。

気が弱くて、こわがりで、いじけてて、そのくせ意地っぱりで、自分に自信がない。

こんなだから、いつまでたっても進歩しないんだ。

それでもなんとか気持ちをふるい立たせて、でかけるしたくをはじめた。

なにを着ていこう。去年買ってもらった、そでなしの水玉のワンピースの下に、グレーのレギンスをはくのはどうだろう。

その上に、白のレースの、半そでカーディガンをはおればいい。

ママに、ちょっとでかけてくると声をかけて、外にでた。

強烈《きょうれつ》な日差《ひざ》しが照りつけていた。

たちまち汗《あせ》がふきだして、ワンピースもカーディガンも、すぐにベトベトになった。

こんなの、着てくるんじゃなかった。

おじいさんからきいて、家に行く道順はすっかり頭に入っていた。歩いても、十分もかからない距離《きょり》だ。

うちについたら、裏木戸《うらきど》から入っておいで、とおじいさんは言った。たいてい、庭に面したたたみの部屋《へや》にいるからって。

家はすぐにわかった。まわりには、生垣用《いけがきよう》のサザンカがぎっしりと植わっていた。木のすきまからのぞいたら、ガラス戸の向こうに、何人も人が動いているのが見えた。

おじいさんと、孫娘《まごむすめ》だけじゃないみたい。

どうしよう。

汗がひたいから流れ、だらだら落ちてくる。

だけど、指先はひんやりしていた。

どうしても、ここから先に足が進まない。

なんでもない顔をして、あの人たちの中に入っていくなんてできない。

やっぱり、今日《きょう》はあきらめよう。

おじいさんが一人だけのときに来よう。

きびすを返して歩きだしたときだった。

「本間《ほんま》さん?」

うしろからだれかに呼《よ》ばれた。

ドキッとした。こんなところに、まえの学校の子がいたのか。

おそるおそるふり向いてびっくりした。

椎名《しいな》ミヒロが立っていた。

どうしてこんなところに、ミヒロが?

「やっぱり本間さんだ。おじいちゃんが、たずねてくる子がいるから、見てきてくれって言ったけど、まさか本間さんとは」

ミヒロも、とまどい気味にわたしを見ている。

「ここって、あの……」

「わたしのおじいちゃんのうち」

「椎名《しいな》さんの……おじいさんのうち？」

ってことは、おじいさんの孫《まご》は、ミヒロってこと？

信じられない。そんなことってあるの？

「おじいちゃんに誘《さそ》われてきたんでしょ？」

「わ、わたしはただ、このまえを通りかかっただけで……」

「そう？　でもせっかくだから、中に入ったら？　みんないるし」

「みんな？　みんなってだれ？」

とっさに警戒心《けいかいしん》がはたらいた。

「吉岡《よしおか》くんと、吉岡くんのおじいさんと、わたしと、おじいちゃん」

「おじいちゃんが、どうしてここに？」

「おじいちゃんの将棋《しょうぎ》仲間なの。わたしも最近知ったんだ」

「そう……」

「だれにも、えんりょはいらないよ」

「うん……でもわたし、用があるし、またね」

頭の中がまだ整理できなくて、どうしたらいいのかわからない。

とりあえず今日《きょう》は帰ろうと思った。

ミヒロに背中《せなか》を向けて、足早に歩きだした。

じっとりと手に汗《あせ》をかいていた。

これじゃあまるで、ミヒロから逃《に》げてるみたいだ。うしろ向きの自分をゆるせないと思いながら、でもイザとなるとやっぱり同じことをしてしまう。

角を曲がろうとしたとき、パタパタと足音が追いかけてきた。

ふり返ると、紳士用《しんしよう》のサンダルをはいたミヒロが、走りにくそうにこっちに向かってくる。無視《むし》してそのまま行こうとしたとき、ブカブカのサンダルがすっぽぬけて、その拍子《ひょうし》にミヒロは足をもつれさせて、ドタッところんだ。

あーあ、やっぱりドジなやつ。

起きあがったミヒロは、わたしを見て、照れくさそうに笑った。

やれやれと思いながら、ミヒロのところまでもどった。

「なにか用？」

「あ、あの」

ミヒロはちょっと口ごもったあと、

「ちょっとだけでいいから、おじいちゃんに顔を見せてあげてくれないかな」

「なんで？」

「ずっと待ってたし、……来ないと知ったらガッカリすると思うんだ……それに」

「それに、なに？」

「ううん、なんでもない。ね、おねがい、ちょっとだけでいいから」

ミヒロは両手を合わせて、おがむようにわたしを見ている。

胸《むね》の中の重い扉《とびら》が、ギィーときしんだ音をたてた。

「わかった……じゃあ、ちょっとだけ」

「よかった！」

ミヒロは、うれしそうに手をたたいた。

自分をずるいと思った。

ほんとは自分からおじいさんの家に行くつもりできたのに、ミヒロにおねがいされて、いやいや行くみたいになっている。

来た道をもどって、おじいさんちの裏木戸《うらきど》をくぐり、あんまり広くない庭をぬけて、ミヒロは縁側《えんがわ》のついた座敷《ざしき》のほうへと、わたしを連れていく。

「お客さんだよぉ」

ミヒロが中に向かって声をあげると、すぐにおじいさんがガラス戸をあけた。

「おお、よく来たな。それそれ、早くあがんなさい。暑かったろう。さあさあこっちだ」

おおげさなくらいの身ぶり手ぶりで、わたしを迎《むか》え入《い》れる。

「あれえ、おじいさんの知り合いって、本間《ほんま》さんだったの？　すっげえ奇遇《きぐう》じゃん」

吉岡《よしおか》くんが、すっとんきょうな声をはりあげた。吉岡くんのおじいさんという人も、ニコニコしてわたしを見ている。

あれだけ心配していたのに、拍子《ひょうし》ぬけするくらいかんたんに、家の中に入っていた。

こんなのはじめてだった。

「わたしも、声をかけていいのかどうか、迷っちゃったよ」

ミヒロが、わたしに冷たいおしぼりをわたしながら、陽気に言った。

おしぼりを顔にあてると、ほてったほっぺたがひんやりして気持ちよかった。

「おお、そうか。ミヒロとリサくんは、友だちだったか」

おじいさんは、わたしたちにやさしい表情《ひょうじょう》を見せて、何度もうなずいた。

友だちじゃない。ただのクラスメイトだ。

この人たちを信じていいのだろうか。

おじいさんは、わたしが近くに住んでいることや、公園で知り合ったことなどを手短に話して、まあよろしくたのむ、と言った。

少し雑談《ざつだん》をしたあと、おじいさんと、吉《よし》岡《おか》くんのおじいさんが、将棋《しょうぎ》を指し始めた。

吉岡くんは、二人の横でくいいるように、

将棋盤《しょうぎばん》を見つめている。

「ねえ、アイス食べない？」

ミヒロが言った。のどがからからだったので、うなずいた。

ミヒロのあとをついて、台所に行った。

台所のすみには、小ぶりの冷蔵庫《れいぞうこ》と茶だんす、使いこまれた古いテーブルといすが二脚《きゃく》あった。ここで、ロクと暮《く》らしている、おじいさんの生活がうかがえた。

ミヒロが、冷蔵庫からカップアイスを取りだして、それをまえに、わたしたちは向かいあってすわった。

「ね」と、ミヒロは秘密《ひみつ》っぽい声をだしてわたしを見た。

「本間《ほんま》さんのお父さんってステキだね」

「え？」

「このまえ、雨の日に車で送ってくれたでしょ。あのとき思ったの。やさしいし、たよりになりそうだし、それにすっごくスマートだなあって」

わたしがだまっていたら、ミヒロは続けた。

「うち、母子家庭だし、あんなお父さんがいる家庭って、しあわせなんだろうなあって思って。きっとお母さんもステキな人なんだね」

うっとりしたように言う。

「わたしね、家族でキャンプするのにあこがれてるの。本間《ほんま》さんのお父さんって、家族のためにがんばって、テントとかかついで、おいしいカレーとかつくってくれそう。お料理とか、いっしょにつくったりするの？」

女の子ってすぐこれだ。外見を見ただけで、全部がわかったみたいなこと言うんだ。今、うちの家庭がどんなになってるかも知らないで、勝手なイメージだけふくらませて、ステキなお父さんだね、なんて興味本位《きょうみほんい》で言うんだ。なんだかうっとうしい気分になった。やっぱり、来るんじゃなかった。

相変わらずわたしがだまっているので、ミヒロは困《こま》ったように首をかしげた。

「あの、わたし、なんか気にさわるようなこと言った？」

「うちは、椎名《しいな》さんが思ってるような家庭じゃないよ。家庭崩壊寸前《ほうかいすんぜん》なんだから」

「え？　でもこのまえはお父さんと……」

「わるいけどこれ以上は話したくない。それに、わたしそろそろ帰らなくちゃ」

わたしが立ちあがると、ミヒロもあわてて立ちあがった。

おじいさんたちは将棋《しょうぎ》に熱中していて、わたしがそっとガラス戸をあけても、気づかないようだった。今度会ったときに、だまって帰ったことをあやまればいい。

うしろで、ミヒロがとまどったように立ちつくしていたけど、知らないふりをした。

外にでると、からだじゅうの汗腺《かんせん》から、いきなり汗《あせ》が噴《ふ》きだしてくるようだった。

わたしったら、あそこになにを期待していたんだろう。わたしを理解《りかい》してくれる人なんか、いるはずがないのに。

照りつける日射《ひざ》しにいどむように、ぐいぐいと歩いた。このまま公園へ行こう。

あの背《せ》の高い木、ヤマボウシだ、あそこまで行こう。あの木の下にいれば、気持ちが落ちついてくる。

もう少しで公園、というところまで来たときだった。
タッタッタッタッと、こっちに向かって走ってくる音がした。
足音はどんどん近づいてきて、やがてわたしのうしろでとまった。
え？　とふり返ると、顔を真っ赤にしたミヒロが、怒《おこ》ったような顔で立っていた。

追いかけて ―― ミヒロ

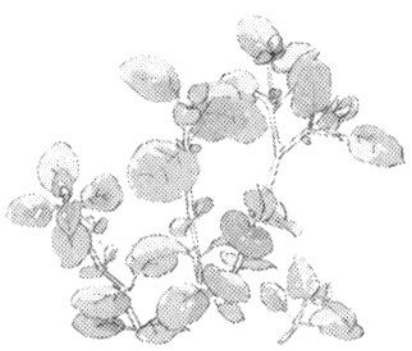

家のまえでリサを見たときは驚《おどろ》いた。

まさか、おじいちゃんの知り合いがリサだったなんて。

通りがかっただけだと言うリサを、なんとか引きとめて家の中に入れた。

おじいちゃんを、ガッカリさせたくなかったし、苦手なものを克服《こくふく》するという宿題のことも、頭にあった。

少しでもリサとの距離《きょり》を縮《ちぢ》めたいと思った。ところが、アイスを食べながら話しているうちに、リサの態度《たいど》が変わった。

不機嫌《ふきげん》そうに、だまりこんでしまった。

わたしが、なにか気にさわることを言ったのかもしれない。だけど、きいても話したくないと言うだけで、もう帰ると言う。

なにがなんだかわからないうちに、リサはさっさと帰りじたくをして、ガラス戸をあけてでていった。わたしのまえから、リサのすがたがどんどん遠ざかっていく。

トクトクと心臓《しんぞう》が音をたてだした。同時に、腹《はら》だたしい気持ちがわきあがってきた。なによ。気に入らないことがあるなら、そう言えばいいじゃない。いきなり帰るなんて、あんまりじゃないの。

でも、このままじゃ、リサとの距離《きょり》は広がるばかりだ。どうしよう……追いかけようか。そして、もう一度リサと話をしようか。

くやしいけど、そうしないと後悔《こうかい》しそうだ。

いそいで玄関《げんかん》にまわり、くつをはいて外にでた。だけど、通りにでても、リサのすがたはもうどこにも見当たらなかった。

通りは、右に行けば商店街のほうへと続き、左に行けば住宅街の先に公園がある。まっすぐ家に帰ったのなら、リサの家がどこだか知らないから、さがしようがない。

迷っているうち、ふと、リサとおじいちゃんが、公園で会ったという話を思いだした。

そうだ、もしかしたら公園に行ったのかもしれない。すぐに、公園めざして走りだした。

午後の強烈《きょうれつ》な日射《ひざ》しに、目がくらみそうだった。公園に入るちょっと手まえで、リサの姿《すがた》をとらえた。

そのまま一気に距離《きょり》を縮《ちぢ》めようとしたけど、途中《とちゅう》で息が切れた。あと一歩というところで、立ちどまってしまった。

足音に気がついたのか、リサがふり返った。

目をまんまるに見開いて、わたしを見つめている。わたしは、その目をにらみつけた。

「本間《ほんま》さんって」

しゃべろうとするけど、息がはずんで言葉が続かない。何度か大きく深呼吸《しんこきゅう》して、息を整えた。

「自分勝手すぎるよ!」

かすれていたけど、思いがけず語気が強くなった。

「わたしと話をしたくないからって、だまって帰るなんて、残された人の気持ち、考えたら!」

リサは、だまって視線《しせん》を落とした。

なにかに耐《た》えるように、くちびるをかんでいる。

「わたしが、本間《ほんま》さんのお父さんや家族のことを、言ったりきいたりしたから? でも、仲良くなろうと思ったら、相手のこと知りたくなるんじゃない?」

え? とリサが顔をあげた。

「仲良くって……わたしと?」

「もちろんそうよ」

「どうして?」

「どうしてって……」

苦手なものを克服《こくふく》する宿題に、本間《ほんま》さんの名前を書いたから。そう言ったら、またリサを怒《おこ》らせてしまうだろうか。

「それは、えっと、わたし、本間さんみたいにセンスよくないし、スマートでもないし、水泳だって去年から六級のままだし、でも、本間さんはわたしにないものをいっぱいもってて、おしゃれで、水泳も得意で、先生に当てられても、すらすら答えられるし、だからえっと、もう少し仲良くなれたらなあって思って……」

うん、これはうそじゃない。わたしのほんとの気持ちだ。

必死でしゃべったのに、リサはなんにも言わない。おそるおそる顔をあげると、リサは遠くを見て、なにかを考えているみたいだった。

だまっていると気づまりになって、どちらからともなく、公園の中へと歩きだした。

白い小さな花をつけた、背《せ》の高い木の下まで来ると、リサは立ちどまって木を見あげた。

「わたしと仲良くなりたい人がいるなんて、思ってもみなかった」

「うそじゃないよ」

「うん、わかった」

つぶやくように言って、リサはゆっくりとわたしのほうをふり向いた。

「わたしの足の傷《きず》あとは知ってるよね。まえの学校で、あれが原因《げんいん》でいじめられて、わたし、不登校になってたんだ」

木にもたれかかって、ポツリ、ポツリと話しだした。

「わたしの不登校をめぐって、パパとママの意見はまっぷたつにわかれて、いつも夜おそくまで言い争いをしてた。そのうち二人の仲までおかしくなってきて、とうとうパパはうちをでていっちゃった。わたしの不登校が、パパとママを別居《べっきょ》させてしまったのよ。どう？　これで、うちは椎名《しいな》さんが思ってるような、ステキな家庭じゃないってことも、わたしが話したくないわけもわかったでしょ」

「でも、わたしを車に乗せてくれた日は……」

「あの日は、月に一度、パパと食事をする日だったの」

リサは肩《かた》をすくめて目をふせた。

「そうだったの。ごめん、わたし……なんにも知らなくて、ひどいこと言って」

「わたしも、わかってくれる人なんかいないって、思いこんでたから……。それに、椎名《しいな》さんち、お父さんいないって言ってたのにごめん」

「ううん、いじめって……どんな目にあったの？」

「この傷《きず》あとが……」

リサが、はいていたレギンスをちょっとたくしあげた。まだら模様《もよう》の傷あとが目に入った。

「気持ちわるいって……」

記憶《きおく》がよみがえったのか、リサはギュッとくちびるをかんだ。

ズキンと胸《むね》がいたんだ。このまま、リサを帰しちゃいけない気がした。

「そうだ！　いいこと考えた。ね、もう一度、おじいちゃんのところに、もどろうよ」

「え、今から？」

「うん、だまっていなくなったから、今ごろ心配してさがしてるかもしれないよ。ねっ、行こう」

わたしは、リサの手をとって大きくふった。

しかたなさそうに、リサもうなずいて、それからかすかにくちびるをゆるめた。

ハーブティー ―― リサ

ミヒロに引っぱられるように、おじいさんのうちにもどった。

おじいさんたちは、相変わらずむずかしい顔をして、将棋盤《しょうぎばん》をにらみつけていた。

よけいな心配させなくてよかったと、ほっとした。

ミヒロは、ちょっと待っててと言い残して、庭にでていった。

なにをしているんだろうと、のびあがって見ると、なにかを摘《つ》んでいるみたいだった。

ときどき立ちあがって、T《ティー》シャツのそででおでこの汗《あせ》をぬぐうと、また草の中にしゃがみこんでいる。

しばらくすると、小さな葉っぱをつけた草を、いっぱいかかえてもどってきた。

水を流しながら、茎《くき》から葉っぱを切り取ると、ていねいに洗《あら》いだした。

「ねえ、その葉っぱ、どうするの?」

「ハーブティーをつくるの。あ、茶だんすの中にある、ガラスのティーポットをだしてくれる?」

これかなと、まるい形をしたガラス製《せい》のポットを取りだすと、ミヒロは、紙タオルで水気をとった葉っぱを、パンパンと両手でたたいて、その中に入れた。

そのあいだにも、火にかけたやかんが、シュンシュンと湯気をたてている。

ミヒロはそのやかんの湯を、ガラスポットの中に静かに注いでいった。

するとたちまち、レモンのようなさわやかな香《かお》りがひろがった。

「ふたをして、このまましばらく蒸《む》らすの」

三分ほどたったころ、そろそろいいかなと、ミヒロは用意した二つのティーカップに、うすい緑色がかった透明《とうめい》な液体《えきたい》を、ゆっくりと注いでいった。

「これに、はちみつを入れると、飲みやすくなるんだ」

慣《な》れた手つきで、ミヒロは小さじで二杯《はい》ずつはちみつを入れて、わたしにカップをさしだした。

「さっきの草、レモンバームっていうの。リラックス効果《こうか》があるんだよ」

そっと顔を近づけると、レモンの香《かお》りが鼻にぬけた。スプーンでかきまぜて飲んでみると、酸味《さんみ》はほとんどなくて、スッキリとした味わいだった。

「おじいちゃんに教えてもらったの。気持ちを落ちつかせてくれるんだって。あと、よく眠《ねむ》れるようにもなるって」

ミヒロは、カップにふうっと息をふきかけて、ゆっくりと口にふくんでいる。

そうか。わたしにこのハーブティーを飲ませたくて、もう一度もどろうと言ったのか。

心の傷《きず》を、なおしてくれようとしたのか。

わたしと仲良くなりたいっていうのは、本当だったのか。

今まで、そんなこと言われたことなくて、信じられないような気がしたけど。

そういえば、あの傷《きず》あとを見たあとも、ミヒロは態度《たいど》を変えなかったな。

ハーブティーのせいだけじゃなく、胸《むね》の中のかたいしこりが、ほんの少しとけたような気がした。

「これ、冷やしてもけっこうイケるんだ。葉っぱはいくらでもあるから、少し持って帰ったら？　いれ方は簡単《かんたん》でしょ」

ミヒロはそう言って、ね、とわたしに笑いかけた。ほっぺたに、ポコッとえくぼができて、思わずつりこまれそうになる。

わたしは、なんと答えていいかわからなくて、ぎこちなくうなずいた。

「なんかいい香《かお》りがすると思ったら」

吉岡《よしおか》くんが、フンフンと鼻をならして台所にやってきた。

「吉岡くんも飲む？　ハーブティー」

「うーん、どっちかというと、おれはサイダーのほうがいいな」

「じゃあ、自分で買ってらっしゃい」

「ちぇ、じゃあハーブティーでいいや」

「でいいやってことはないでしょ」

「はい。ハーブティーをおねがいします」

「しかたない。一杯《ぱい》五十円でいれてあげるよ」

ミヒロがそう言うと、吉岡《よしおか》くんはおおげさにのけぞった。

思わず笑ってしまった。

「じょーだん」

三人の笑い声が、せまい台所にあふれた。

ハーブティーも、ミヒロの笑顔も、吉岡くんの笑い声も、わたしの胸《むね》にじんわりとしみこんでいった。

ふれあい ―― ミヒロ

リサは、ときどきおじいちゃんの家に、顔をだすようになった。

おじいちゃんが銀行に行って、留守《るす》のときだった。相談があるんだけど、とリサがまじめくさった顔で言った。

「なに？」

「おじいさん、庭のハーブでいろんなお茶をつくってくれるよね」

「うん」

「お茶だけじゃなくて、乾燥《かんそう》させたハーブを布《ぬの》に入れて、枕《まくら》もとにおきなさいって、いっぱいくれたし」

心を鎮《しず》める作用があるからと、おじいちゃんはいろんなハーブをミックスさせて、リサにわたしていた。

リサは、それがとてもうれしかったようだ。

「でも、ここの庭って、どれがハーブで、どれが雑草《ざっそう》かわからないくらい、草が茂《しげ》ってるじゃん」

「そう言われれば……そうだけど」

「わたし、お礼に庭の雑草を取ろうと思うんだけど、手伝ってくれる？」

「えっ、草取り？」

この炎天下《えんてんか》に？

「おじいさん、ときどき銀行に行ったり、病院に行ったり、お買い物に行ったりするから、そのとき、きれいにしておいて、驚《おどろ》かせようと思うんだけど」

うへぇ、庭をきれいするのはいいけど、でもこの暑さだよ。ちょっとヤバくない？

ロクだって、浅い息をして台所のすみに、うずくまっているというのに。

「おねがい、手伝って」

手を合わせてたのまれると、いやとは言えない。

「うーん、しかたない、やりますか」

チャンスはすぐやってきた。

年齢《ねんれい》とともに、血圧《けつあつ》が高くなったおじいちゃんは、月に一度、病院で診察《しんさつ》をうけている。今日《きょう》はその診察日だった。

おじいちゃんがでかけると、さっそくわたしたちは帽子《ぼうし》をかぶり、首にタオルを巻《ま》きつけ、軍手をつけて、真夏の太陽が照りつける中、草取りにとりかかった。

わたしが、これはミント、それがローズマリーで、あれがオレガノと教えると、リサはたしかめるように、何度も口の中でくり返している。シソもパセリもハーブだったなんて、ぜんぜん知らなかった、と感心している。

そんなハーブ類をよけながら、雑草《ざっそう》をぬいていった。

すぐにT《ティー》シャツがジュクジュクになった。

頭の中から、汗《あせ》がしたたり落ちてくる。

顔がほてってピリピリする。

一時間ほどして休けいした。

近ごろは、からだを動かすこと自体、あまりなかったので、けっこうこたえる。

冷蔵庫《れいぞうこ》から麦茶をだして飲んだ。

麦茶がこんなにおいしいと思ったのは、はじめてだった。一杯《ぱい》目は、息もつかずに飲みほした。

ふうっと大きく息をはいたのが、二人ほとんど同時で、顔を見合わせてふきだした。

すっかりうちとけた気分だった。

苦手なものを克服《こくふく》するという宿題がなかったら、リサとこんなに仲良くなれなかったかもしれない。宿題に感謝《かんしゃ》だ。

汗《あせ》でぬれためがねをはずして、T《ティー》シャツのすそでふいていたら、

「ミヒロちゃん、めがねがないほうが、ずっといいね」

リサがわたしを見ながら言った。

はっきり言われると、ガックリきた。

「でも、コンタクトはまだダメって言われてるんだもん」

「だったら、こうしたらどう？」

リサは、わたしの前髪《まえがみ》の一部をつかんで、キュッとうしろにまわした。

「前髪がぶあつくて、めがねのフレームと重なってるから、重たく見えるんじゃないかな。もう少し軽くしたら、スッキリすると思うよ」

「へえ、そうなの？」

洗面所《せんめんじょ》に行って、リサはさっき言ったようにしてみせた。

「あ、ほんとだ！　ぜんぜんちがう！」

そこには、いつもとちがうわたしがいた。

思わずはしゃいだ声をあげた。

「かわいいピンどめでとめたら、もっとステキになると思う」

「すごい！　リサちゃんって、やっぱりセンスいい！」

「そんなことないって」

「ううん、まえから思ってたの。わたしもリサちゃんみたいになりたいなあって。ね、気がついたことがあったら、教えてね」

リサは、きまりわるそうな笑顔を浮《う》かべてうなずいた。

今度いっしょに、雑貨《ざっか》のお店に行って、髪《かみ》どめを選んでもらう約束をした。

わたしに似合《にあ》う、うんとかわいいのを選んでもらおう。なんだかワクワクしてきた。

休けいのあと、もう一時間がんばった。

すっかりとはいえなかったけど、庭はかなりきれいになった。ぬいた雑草《ざっそう》は、ゴミ用のビニール袋《ぶくろ》に詰《つ》めた。

そのころには、頭から水をかけられたみたいに、全身びしょびしょになっていた。

「サウナにつかったあとみたい。シャワーあびよう！」

わたしが先に、浴室《よくしつ》にとびこんだ。

おじいちゃんのうちの風呂場《ふろば》には、石けんと、浴《よく》そうを洗《あら》う洗剤《せんざい》しかない。

石けんを泡《あわ》だてて髪《かみ》を洗《あら》い、その泡でからだを洗いながら、いそがしく考えた。

ここに泊《と》まったときに、下着の替《か》えもＴ《ティー》シャツも、何枚《まい》か余分《よぶん》においてたはずだ。リサの分も、それでまにあうだろう。

問題は、Ｔシャツの下にはくパンツだ。

短パンならある。でも、足首までのパンツがあったかな。

浴室《よくしつ》からでると、入《い》れ替《か》わりにリサが中に入った。

わたしはすばやくからだをふいて、替えをさがした。あったのは、下着類とＴシャツと、短パン二枚だけだった。

「ごめん。こんなのしかなかったの」

シャワーをあびたあと、髪をかわかしているリサに、おそるおそる短パンを見せた。

リサは、あ、という顔をしたけど、すぐに、

「いいよ。うちの中だけだし、帰るころにはぬれたジーンズもかわいてるだろうし」

「そう？　ああよかった」

短パンに、リサが足を通すと、ひざより少し上までの丈《たけ》だった。もちろん、傷《きず》あとは丸見えだ。

「おじいさん、これを見たらびっくりするだろうな」

リサがそう言ったとき、玄関《げんかん》があく音がした。おじいちゃんの足音が近づくにつれ、リサは不安そうな表情《ひょうじょう》になった。

「おう、二人ともまだおったか。よかった」

おじいちゃんが、わたしたちのまえに、大きなまるごとのスイカをつきだした。

「冷やしてあとで食べよう」

「うわっ、デカッ！　冷蔵庫《れいぞうこ》に入るのぉ」

わたしが、スイカをもってヨタヨタしているうちに、おじいちゃんがリサの足に目をとめた。

「うん、そうやって、慣《な》れていくといい。そのうち、だれも気にしなくなる」

リサの肩《かた》をトンとたたいて、おじいちゃんは座敷《ざしき》のほうへ行った。そのすぐあと、驚《おどろ》いた声がきこえてきた。

「おう、おまえたち、いつのまにこんなにきれいにした！」

わたしとリサは、顔を見合わせてハイタッチをして、クックと笑った。

小さな一歩 ―― リサ

いつのまにか、わたしはおじいさんの家になじんでいた。というより、おじいさんとミヒロがつくりだす、心地よさになじんでいた。

それにつれて、かたく固めたガードが、少しずつゆるんでいった。

とくにその日の午後は、気持ちが大きくなっていたのかもしれない。

去年、やけどをするまえに買ったカプリパンツを、引っぱりだしてはいてみたのだ。

黒地に、白い小さな花が散ったところが気に入っていたけど、まだ一度もはいてなかった。はくまえに、やけどをしたからだ。

あの日、ドーナツを揚《あ》げるつもりで、油の入った鍋《なべ》を火にかけたとき、電話が鳴った。

あやかだった。翌日《よくじつ》があやかの誕生日《たんじょうび》だったので、ドーナツは、プレゼントにそえてわたすつもりだった。

つい話がはずんで、気がつくと十分以上しゃべっていた。しまったと思って、あわてて台所にもどると、ふたをした鍋《なべ》からけむりがでていた。すぐに火を消したあと、ふたを取ったほうが温度が下がると思い、ふきんでふたのつまみをにぎった。

だけど、熱さでふたを取り落とした。

ふたが鍋のふちに当たり、ぐらりと鍋がかたむいた。次の瞬間《しゅんかん》、天ぷら油がとびちった。

自分の不注意が招《まね》いたことだから、だれを責《せ》めるわけにもいかない。

でも、このやけどのあとに、わたしはいつまでも苦しめられている。

ああ、いけない。頭をふって、いそいで記憶《きおく》を追いだした。

鏡のまえで全身をじっくりと見る。

からだをひねってうしろからも見た。

そんなに悪くない気がした。

ハイソックスをはけば、傷《きず》あとはほとんどかくれそうだ。

思いきって、このまま行ってみようか。

だけど、吉岡《よしおか》くんや、吉岡くんのおじいさんが、これを見たときのことを思うと、ドキドキしてくる。

わたしが、カプリパンツででかけるすがたを見たママは、あわてててとんできた。

「リサ……そのかっこう」

心配そうにまゆをよせている。

「うん、少しはまえに進まないとね」

そう言っても、わたしだってこわかった。

この傷を、人まえにだすなんて、学校をうつってからはじめてだもの。

だけど、短いパンツは気持ちがよかった。

暑さもすずしさも、今までの倍に感じた。

それだけ自由になったような気がした。

わたしはおそるおそる、おじいさんちの裏木戸《うらきど》をおした。ガラス戸を通して、吉岡《よしおか》くんたちがいるのが見える。

ただふつうに、おはよう、と言えばいいんだ。そう思っても、足がおもりをつけたみたいに重たい。

わたしに気がついた吉岡くんが、ガラス戸をあけて待っている。

「お、めずらしいな、本間《ほんま》さんの……」

言いかけた吉岡くんの言葉が、途中《とちゅう》でとまった。きっと、ハイソックスからはみだした傷《きず》あとが、見えたのだろう。

「おはよう」

声が少しかすれていたけど、わたしはいつもどおり、ちゃんと言えたと思う。

「やあ、リサちゃん。今日《きょう》はすずしそうだねえ。わしもひとつ、そういうのをはいてみるか」

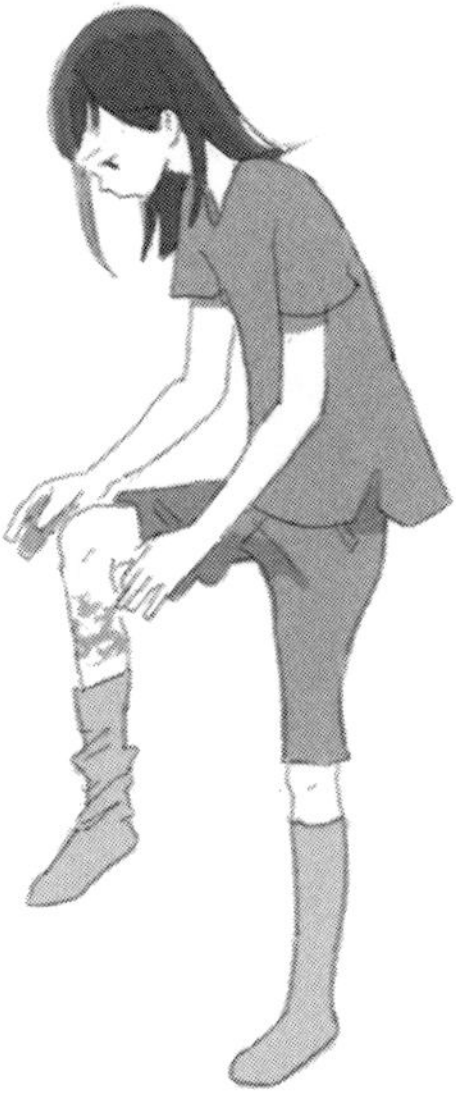

わたしが中に入ると、吉岡くんのおじいさんが、扇子《せんす》で胸《むね》もとにバタバタと風を送りながら声をかけてきた。

「やめろよ、じいちゃん。毛ずねがキモイよ」

「なに、見慣《みな》れればどうってことないさ」

「わたし……」

大きく深呼吸《しんこきゅう》して、お腹《なか》に力をこめた。

「このやけどのあとを見られたくなくて、ずっとかくしてたんです」

わたしは右足をもちあげて、よく見えるようにした。

「心臓《しんぞう》がわるいってうそついて、プールの

授業《じゅぎょう》にもでなかったんです」

「おや、そうかい。ふんふん、なるほど」

吉岡《よしおか》くんのおじいさんは、わたしの足をじろじろと、えんりょなく見た。

「もしかしたら、リサちゃんは、自分が好きじゃないだろう」

「はい……きらい……です」

「うん、うちのばあさんも、ほっぺたのまん中にデカいあざがあってな、若《わか》いころはそりゃあ気にしてた」

吉岡くんのおじいさんは、耳たぶをもみながら言った。

「でかけるときは、いつも大きなマスクを手ばなさなかったよ。ところがだ、わしがばあさんにプロポーズするときに、そのあざもふくめた全部が好きだと言ったら、とたんにケロッと気にしなくなっちまった。あとからきいたところ、わしに好きだと言われて、自分に自信ができたと言っとった。自分でも自分を好きになれたとな」

吉岡くんのおじいさんは、わたしの頭にふんわりと手をおいた。

「リサちゃんも、そんな傷《きず》に負けないくらい、ステキなおじょうさんだ。いや、その傷をもつようになったからこそ、リサちゃんは人の痛《いた》みがわかるようになったはずだ。そんな自分を好きになれないかい」

吉岡《よしおか》くんのおじいさんは、ギョロリとした目でわたしを見つめて、それから顔をシワシワにして笑った。

年をとった人たちって、いろんなことを経験《けいけん》して、うれしいとか、悲しいとか、くやしいとか、さまざまな気持ちを味わって、わたしたちが知らないことを、からだの中にいっぱい積み重ねてもっている。

わたしたちは、ちゃんとしたおとなになるために、今からその一つ一つを、長い時間をかけて、積みあげていくんだと思った。

いつかわたしも、自分を好きになれる日がくるだろうか。

お母さんとケンカ —— ミヒロ

夕はんを食べているときだった。チラチラと、うかがうようにわたしを見ていたお母さんが、思いきったように口を開いた。

「お母さん、夏休みをとろうと思うんだけど」

「え？」

ビックリした。今まで、お母さんはまともに休みをとったことはなかった。患者《かんじゃ》さんに、不便《ふべん》をかけるわけにはいかないと言って、日曜と祭日以外は、ほとんど休んだことはない。

「山中《やまなか》さんの実家って、海の近くなんだって。お魚がすごくおいしいらしいの。ミヒロと二人で、ぜひ来てほしいっておっしゃるのよ。ミヒロと相談してみるって言ったんだけど、どうかしら」

お母さんの声は、いつもとちがって、わたしの機嫌《きげん》をとるように、やわらかくてあまい。

おもしろくなかった。

どうかしらって、夏休みをとろうと思ったのは、行くと決めたからだろう。

今さら、ミヒロと相談してみるなんて、よく言うと思った。なんかものすごくムシャクシャした。

「そんなの相談っていうの？　もう行くって決めてるんでしょ」

つい、とげのある言い方をした。

「あら、どうしたの？　このまえは、山中《やまなか》さんっていい人だねって、言ってたじゃない」

それとこれとはちがう。

わたしの気持ちを尊重《そんちょう》するようなことを言って、でもじつはもうすっかり行くつもりなのだ。

「いつも、どこにも連れていってやれないから、いいチャンスだと思ったのよ」

「そうだね、お母さんにとっては、いいチャンスだね」

「どうしたのよ、ミヒロったら」

自分でも、自分がなにを言ってるのかわからなかった。なのに、自分をとめられない。

「山中《やまなか》さんの実家に行くってことは、山中さんの両親に会うってことだよね。点数をかせぐいいチャンスだものね」

「ミヒロったら、なにが言いたいのよ」

「べつに。わたしは、お母さんたちの目的の、道具にされたくないだけ」

「いやだったら行かなくてもいいのよ。無理にって言ってるわけじゃないんだから」

「お母さんだけ行けば。どうせわたしなんか、おじゃまでしょうから」

立ちあがった瞬間《しゅんかん》、ほっぺたにお母さんの平手がとんできた。

「なにが気に入らないのか知らないけど、いいかげんにしなさい！」

たたかれるなんてはじめてだった。たいして痛《いた》いわけじゃなかったけど、ぶわっと涙《なみだ》がふきだした。

そのまま、自分の部屋《へや》にかけこんだ。ベッドにつっぷして、わんわん泣いた。

わたしがわるいのはわかっていた。でも、このぶつけどころない気持ちは、どうしたらいいのだろう。

しばらくして、しずかにノックする音がした。返事をしなかったら、細くドアがあいて、あかりがもれてきた。

様子をうかがっているようだった。

やがて、ドアはまたしずかに閉《し》まり、足音は遠ざかっていった。


気がついたら朝だった。

きのうのケンカを思いだすと、お母さんと顔を合わせたくなかった。

カタンと玄関《げんかん》ドアが閉《し》まって、お母さんが仕事にでていく音をきいてから、ベッドからでた。

まぶたがぷっくりとはれて、顔もむくんだように重い。

なんにも食べる気にならなかった。

冷蔵庫《れいぞうこ》から牛乳《ぎゅうにゅう》をだしてのんだ。

テレビをつけたけど、うるさく感じて、すぐに消してしまった。

まっ暗な画面をぼんやり見ていると、きのうのことが頭によみがえってくる。

お母さんに、ずいぶんひどいことを言ったと思う。でも、山中さんを気に入ったのはお母さんで、わたしじゃない。山中《やまなか》さんが、どんな人なのかもよく知らない。

そんな人といきなり旅行なんてしたくない。

もし、知らないまま家族になってしまったら、もうあともどりできない。後悔《こうかい》しても おそい。そうなるまえに、山中さんて人を、ちゃんと知らなくちゃいけないと思う。

お母さんは、わたしがいつも苦手なものから逃《に》げてるって言う。

たしかに今までは、とちゅうで面倒《めんどう》になって、ほっぽりだすところはいっぱいあった。

でも、今のわたしは、今までとはちがう。

苦手だったリサちゃんとも、ちゃんと友だちになれたんだもの。

だったら、どうしたらいいのか、いくら考えても、そこから先に考えが進まない。

宿題をする気には、とてもならなかった。

しぜんに、足がおじいちゃんの家に向かった。

自転車で、理髪店《りはつてん》のまえを通りすぎようとしたときだった。すぐうしろで、ピッピッと短くクラクションが鳴った。

「ミヒロちゃん?」

名前をよばれてふり向くと、中年の男の人が、白いワゴン車の窓《まど》から首をつきだしていた。

え? まさか、山中《やまなか》さん?

「やっぱりミヒロちゃんだ。偶然《ぐうぜん》だね。ぼく、今からひまわり薬局へ行くところなんだけど、そのまえに、冷たいものでも飲もうと思ってさ。ミヒロちゃんもいっしょにどう?」

山中さんはそう言うと、車からおりてきた。

言われてみると、理髪店《りはつてん》の駐車場《ちゅうしゃじょう》には飲料の自動販売機《はんばいき》が二台並《なら》んでいた。

よりにもよって、どうしてこんなところで、山中さんと会ったりするんだろう。

「ぼくはアイスコーヒーにするけど、ミヒロちゃんはなにがいい?」

まだ飲むとも言わないのに、山中さんはポケットに手を入れて、硬貨《こうか》をさがしている。

「じゃあ……りんごジュース」

「OK《オーケー》」

ガタンガタンと音がして、自販機《じはんき》から缶《かん》が二つ落ちてきた。

「ふう、暑い暑い。車の中に入ろう」

うながされて、車に乗りこんだ。

すっと汗《あせ》が引くくらい、エアコンがきいていた。相当な暑がりみたいだ。

「あー、うまい！」

ごくごくとのどを鳴らして、山中《やまなか》さんは一気にコーヒーを流しこむと、ひと息ついたようすで、わたしのほうを見て笑った。

「楽しみだなあ、ミヒロちゃんたちと旅行できるなんて。実家の近くは、なんといっても魚がうまいんだ。魚がきらいなんて、言わないでくれよ。ぜひとも食べさせたいんだから。あちこち案内したいとこも、いっぱいあるんだ」

今言わなくちゃ。ミヒロ、ガンバレ！

「あの、でもわたし……まだ決めてないし」

「え、なにを？」

キョトンとした顔で、山中《やまなか》さんは首をひねった。

「だから……旅行に行くかどうか」

「え？　どうして？　用事でもあるの？」

納得《なっとく》いかないという顔でわたしを見つめる。

「そうじゃなくて、まだ気持ちが……山中さんがお父さんになるっていう、心の準備ができてないっていうか」

しばらく沈黙《ちんもく》が続いた。息ぐるしくなってきた。

「それはつまり、ぼくとお母さんの再婚《さいこん》に、賛成《さんせい》できないってことなのかな」

「いいえ、そうじゃなくて……」

ああ、なんて言ったらいいんだろう。

「わたしと山中さんは、つい最近まで他人で、そんなわたしたちが家族になるには、もっと時間がいるっていうか……相手のことをいっぱい見たりきいたりして、その人をよく知ってからのほうが、うまくいくんじゃないかと思って。こんなはずじゃなかったなんて、あとから思いたくないし」

顔がチカチカして、手のひらがベトベトだった。でも、自分の気持ちを、ちゃんと言えたと思った。

山中さんはしばらくだまって考えこんでいたけど、

「ああそうか、なるほど、うん」

そう言って、まえを向いたままうなずいた。

「ぼくは、ミヒロちゃんの気持ちが、ぼくと同じだと思ってた。頭を冷やして考えたら、そんなはずはないのにな。うん、わかったよ。旅行はしばらく延期《えんき》しよう。ミヒロちゃんの心の準備ができるまで、待つことにしよう」

「え、いいんですか?」

「ミヒロちゃんの気持ちも考えずに、一人で意気ごんでいた自分がはずかしいよ。お母さんにも、そう伝えておくよ」

ああよかった。わかってくれた。

「ここで、ミヒロちゃんに会えてよかったよ」

そう言って山中《やまなか》さんは笑った。

ジュースをごちそうさまでしたと、頭をさげて車をでた。肩《かた》から力がぬけていった。

ありのままの自分に ―― リサ

吉岡《よしおか》くんのおじいさんが言ったように、自分を好きになるには、どうしたらいいんだろうって考えた。

たぶん、宿題の「克服《こくふく》したいこと」をやり終えたときに答えがでる。

そしたら、下を向かないで、堂々《どうどう》とまえを向いて歩ける。そしたら自分を好きになれるかもしれない。それには、この傷《きず》あとも自分の一部なんだと、うけ入れなくちゃいけない。

『グズグズ悩《なや》むより、声をあげたほうが生きやすい。きっと、手をさしだしてくれるやつがいる』

おじいさんの言葉が頭によみがえった。

でも、手をさしだしてくれるやつって、だれ？　もちろんミヒロしかいない。そんなやっかいなこと、ミヒロは引きうけてくれるだろうか。迷惑《めいわく》だって思わないだろうか。

たのんでみるしかない。

まっすぐおじいさんの家に向かった。

木戸をおしたら、縁側《えんがわ》にでたおじいさんが、笑顔で迎《むか》えてくれた。ミヒロの姿《すがた》もあったから、ほっとした。もうすっかり親しんだ家に、わたしはためらうことなくあがった。

「あのね」

しばらく迷ったけど、思いきって言った。

「宿題がでてたでしょ。克服《こくふく》したいことって」

「あ……うん」

「なんて書いた？」

「わ、わたし？　あ、あの、えっと……」

ミヒロは、困《こま》ったようにモジモジしている。

「なに？　どうかしたの？」

「あ、あの、えっと、えっとね、ごめん！　わたし、本間《ほんま》リサって書いちゃった！」

ミヒロはペコンと頭をさげて、おずおずとわたしを見あげた。

「でも、仲良くなりたいと思ったのは、うそじゃないからね！」

ムキになっているのが、おかしかった。

「あやまることないって。あのころのわたしって、すごくカンジわるかったと思うし、それに宿題のおかげで、ミヒロちゃんと友だちになれたんだから」

「怒《おこ》ってない？　ああよかった！」

胸《むね》をおさえて、ミヒロは大きく息をついた。

「あ、もちろん、今はリサちゃん、すっごくカンジいい女の子だよ。だから、えっと、わたしの宿題は、もうできちゃったっていうか……へへ、あ、で、リサちゃんはなんて書いたの？」

ミヒロは、いそいでわたしに質問《しつもん》を返した。

「うん、わたしはありのままの自分を受け入れることって書いた」

「あ……っと、それって」

「今は、傷《きず》あとをかくして、心臓《しんぞう》がわるいって、うそついているじゃん」

「うん」

「そんな自分を変えたいんだ。傷あとも含《ふく》めてわたしなんだって、胸《むね》をはって歩きたいの」

まっすぐに、ミヒロがわたしを見つめている。その目が、わたしの次の言葉を待って、大きくふくらんでいる。

「それで、ミヒロちゃんに、協力してもらえないかなあと思って」

「うん、わかった。なにをしたらいいの？　なんでもするよ」

迷《まよ》うようすもなく、すぐに返事が返ってきた。迷惑《めいわく》というより、むしろうれしそうだった。

「サンキュ。まずは、傷《きず》をかくさないで歩こうと思う。そのとき、ミヒロちゃんがそばにいてくれたら、すごく心強いな」

「わかった。へんな目で見るやつがいたら、ブッとばしてやる」

「わっ、いさましい。逆《ぎゃく》に、ブッとばされないようにしなくっちゃ」

二人で声をあげて笑った。

ミヒロに言ってよかったと思った。


ミヒロの提案《ていあん》で、まずはハイソックスをはかないで、買い物に行くことになった。おじいさんに、必要なものをきいてメモをとった。好きなお菓子《かし》を一個ずつ買っていいぞと言われて、ミヒロは、ヤッタ！　とはしゃいでいる。

わたしはハイソックスをぬいだ。

ひざ丈《たけ》の白と黒のチェックのスカートに、素足《すあし》でスニーカーをはいた。ふくらはぎのまわりがたよりなくて、落ちつかなかった。

そしたらミヒロが、

「リサちゃんて、どんな格好《かっこう》してもキマるんだね。傷《きず》があってもなくても、やっぱりリサちゃんはステキだよ」なんて言った。

わたしへのエールのつもりだろう。

行ってきます！　と自分をはげますようにかけ声をかけると、

「ああ、行っておいで」

と、おじいさんのおだやかな声が、送りだしてくれた。

「ええっと、なになに、歯みがき粉《こ》と、バナナと、麦茶と、ドッグフードか」

ミヒロが、買い物のメモを読みあげる。

「じゃあ、ドラッグストアのあずま屋がいいんじゃない。なんでもあるし」

あずま屋は、品物がそろっていて安いので、いつもお客さんであふれているのだ。

「でも、いきなり大きな店に行って、だいじょうぶ？　だれに会うかわかんないよ」

ミヒロが、心配そうな顔を向ける。

「うん、やってみる」

「よし。じゃあ出発！」

距離《きょり》にしたら、五分足らずの場所だった。

だけどわたしにしたら、未知の場に乗りこむような、不安だらけの気持ちだった。

自動扉《じどうとびら》にすいこまれるように中に入ると、お年寄りから子どもまで、いろんな人がいた。ミヒロが、そなえつけのカゴをもって歩きだしたので、いそいで、そのうしろをついていった。

だれも、わたしの足を見ている人はいなかった。みんな、自分の買い物のことでいっぱいいみたいだった。

買い物カゴには、バナナと、麦茶と、ドッグフードが入っていた。あとは歯みがき粉《こ》と、わたしたちのお菓子《かし》だ。

歯みがき粉《こ》は、どれがいいかわからなかったので、さんざん迷ったすえ、歯《し》こうを予防するというのにした。

やっとお菓子《かし》の通路へ入ったときだった。

小学生くらいの女の子が、三人かたまっているのが目に入った。

なんだかいやな予感がした。

近づくにつれて、すがたがはっきりしてきた。あの三人組だった。

足をとめたわたしに、どうしたの？とミヒロがふり返った。

わたしは、イヤイヤをするように首をふった。わたしの視線《しせん》の先を見て、ミヒロは意味をさとったみたいだった。

もっていたカゴを、左手にもちかえると、わたしの手をギュッとにぎった。

「行こう」

そう言って歩きだした。

「ねえ、リサちゃん、どれにする？」

ミヒロは、棚《たな》に並《なら》んだお菓子をながめては、わざわざわたしの名前を呼《よ》んだ。

三人が、気づかないはずがなかった。

「リサじゃん」

コズエの声だった。

三人の視線《しせん》が、こっちに集まった。

「やだ、まだこのへんウロついてんのぉ」

「わっ、足まるだしじゃん。不気味《ぶきみ》ぃ」

「キモイよぉ。見たくないよぉ」

「あっちに行ってってば」

歯をくいしばった。

こみあげてくるにがいものを、なんとか飲みくだそうとした。だけど、のどにはりついたままで、おりていかない。

たった今気がついたように、ミヒロが三人のほうを見た。上から下まで、しげしげとながめたあと、首をつきだして、スンスンと鼻を鳴らした。

「この人たちったら、なんてくさいんだろ」

あきれたように首をふった。

「なんだって！」

三人がいきりたった声をあげた。

「あなたたちの心、くさってるよ。ぷんぷんにおいがしてる。自分で気がついてる？」

まゆをひそめて、首をかしげた。

「早めに手当したほうがいいと思うよ。手おくれになるまえに」

それだけ言うと、ミヒロはわたしの手をグイと引いて、スタスタと歩きだした。

「なに、あいつ」

「ふざけんなって」

「マジむかつく」

うしろで、口ぐちに悪態《あくたい》をつくのがきこえてくる。

それをしり目に、ミヒロはさっさとレジに行き、会計をすませると、とっとと出口に向かった。あわててわたしも、そのあとを追いかけた。

「すごい、ミヒロちゃん。あの子たち相手に、あんなスゴワザつかって」

「待って。まだ心臓《しんぞう》がドクドクしてるの」

ミヒロは、両手で胸《むね》をおさえて、大きく息をすいこんだ。その顔が次第《しだい》にゆがんで、がまんできないように笑いだした。

「見た？　あの子たちの顔。ロクがとなりの猫《ねこ》に、エサをさらわれたときみたいな顔してたよ」

ミヒロの笑いが、わたしにも伝染《でんせん》して、二人でおなかが痛《いた》くなるまで笑った。

笑いながら、わたしはおじいさんの言葉が、すんなり胸に入ってくるのを感じた。

『人を傷《きず》つけるのも人だが、なおしてくれるのも人なんだよ』

わたしは、ミヒロに心の傷《きず》をなおしてもらっているんだと思った。

おじいさんのうちに帰って、買った品物をだしたら、ちゃんとお菓子《かし》も入っていたので、またびっくりした。

「だって、せっかくおごってくれるっていう、おじいちゃんの気持ち、ふいにしたくないし」

ミヒロといると、固くよじれたわたしの心が、ほろほろとほぐれていくようだ。


次に行ったのは、図書館だった。

夏休みの図書館は、すごく混《こ》んでいた。

とくに、児童書のコーナーは子どもたちでいっぱいだった。

わたしには、借りたい本があった。

日本でアニメ映画《えいが》にもなったイギリスの翻訳本《ほんやくぼん》だ。ママもすすめてくれたので、読んでみたかったけど、あいにくこの本は貸《か》しだし中だった。

カウンターで予約の手続きをして、もどろうとしたら、うしろに並《なら》んでいた男子が、じいっとわたしの足を見ていた。

わたしと目が合うと、あわててちがうほうを向いた。歩きだしたけど、きっとうしろから見てるにちがいない。

こういう視線《しせん》に、慣《な》れなくちゃいけないいんだ。いちいち動揺《どうよう》しないように、心をきたえなくちゃ。

わたしたちは、気に入った本を三冊《さつ》ずつ借りた。ミヒロは、SF《エスエフ》とかミステリーが好きらしく、探偵団《たんていだん》とか、宇宙船《うちゅうせん》とかのタイトルがついた本をかかえている。

出口に向かうとちゅう、知った顔を見かけた。いすにすわって、熱心に本を読んでいる。

まえの学校で、仲がよかったあやかだった。やけどをしたあとは、わたしからはなれて、三人組の側についた。いっしょになって、わたしを笑った。

思わず顔をそらしたけど、すぐにいけないと思いなおした。自分から先に顔をそらすようでは、ちっとも変わったことにならない。

「ちょっと用ができたから、先に行ってて」

ミヒロにことわって、わたしはあやかに近づいていった。

「こんにちは」

わたしは、あやかに顔をよせて言った。

顔をあげてわたしを見たとたん、あやかはギョッとしたようにからだを引いた。

「ひさしぶり。元気？」

「う、うん……」

顔が引きつっている。

「そう、よかった。わたしも元気だから、心配しないでいいよ。じゃあね」

それだけ言って、ミヒロのあとを追いかけた。

「なんだったの？　用って？」

わたしをふり返って、ミヒロがきく。

「なんか、すごくスッキリした顔してるよ」

胸《むね》の底に、澱《おり》のように積もっていたものが、すっかりろ過された気分だった。

「うん、今日《きょう》は成果《せいか》があったかも」

「へえ」

ミヒロが目を光らせて、わたしを見つめる。

「じゃあ次は、プールに挑戦《ちょうせん》する？」

期待に満ちた目で言う。ドキンとした。

もし……プールに行けたら。

もし、みんなの中に入って泳げたら。

そしたら、パパに報告《ほうこく》できる。

うれしそうに、顔をほころばせるパパの顔が、見えるようだ。

わたしの宿題も完了するかもしれない。今までの自分を、克服《こくふく》することができるかもしれない。そう思うと、心がさわぎだした。

「うん。行く」

「え、ホント？　あ、でも無理しなくていいからね」

「ううん、行くよ。ぜったい行く」

「わかった。じゃあ、土曜日とかどうかな？」

「うん、オッケー」

わたしは、自分の小指をミヒロにからませて、指切りげんまんと言った。

約束 ―― ミヒロ

土曜日、リサと区民プールに行く約束をした。
リサは、すごくまえ向きになっている。
きのう、ドラッグストアで、いじめられてた子にあったときも、逃《に》げださなかった。
くわしくは話さないから、はっきりはわからないけど、今日《きょう》図書館でも、自分から
だれかに話しかけていた。
たぶん、傷《きず》あとが原因《げんいん》で、仲たがいした友だちじゃないかと思う。
勇気をふるいおこして、過去の自分に向きあったのだろう。まえを向こうと決めた
のだろう。もしプールに行けたら、リサはきっともっと変わると思う。自分に自信が
できると思う。リサがプールで泳いでいるすがたを想像すると、ワクワクしてくる。

もちろん、わたしも、平泳ぎに挑戦《ちょうせん》する。

今度こそ、とちゅうでほっぽりださずにマスターしたい、いや、ぜったいする。

リサだって、力になってくれるはずだ。

なんて考えていたら、防災無線《ぼうさいむせん》の屋外《おくがい》スピーカーから、夕やけ小やけのメロディーが流れてきた。六時だ。

そろそろお母さんが帰ってくるころだ。

山中《やまなか》さんはわかってくれたけど、お母さんのほうは、どうなんだろう。

気をもみながら待っていたら、車を車庫に入れる音がした。

バタンと車のドアの音がきこえて、玄関《げんかん》があいた。足音が近づいてくる。

どういう顔をしていればいいのかわからなくて、部屋《へや》で本を読んでいた。目は文字を追っていたけど、耳は外の音に集中していた。

コンコンと、あいたままのドアをノックして、お母さんが入ってきた。

緊張《きんちょう》でからだをかたくしていたら、

「きのうはごめん」

いきなりお母さんが言った。

え、と思わずふり向いた。

お母さんは、照れくさそうな顔でわたしを見ていた。

「ミヒロは、なんにでも反抗《はんこう》するばっかりだと思ってたの。でも、お母さんの思いちがいだったみたいね。山中《やまなか》さんにきいたわ。家族になるには、時間をかけて、小さなことをいっぱい積みあげて、相手をじゅうぶん理解《りかい》してからにしたいって、言ったんですって？　お母さん、ミヒロのこと、見くびってたみたい。ごめん。ぶったりしてわるかったわ」

そんな立派《りっぱ》なことを言ったつもりはなかったけど、山中さんがうまく言ってくれたのだろう。

「それでね、月に一度くらいの割合《わりあい》で、山中さんといっしょにごはん食べに行ったり、うちに来てもらったりしようと思うの。そうするうちに、ミヒロも少しずつ山中さんという人が、わかってくると思うのよ」

わたしに顔を向けて、どうかしら、とたずねるように首をかたむけた。

「うん、そうだね」

わたしも、山中《やまなか》さんに会うまえから、うけいれたくない気持ちが、どこかにあった。

そんな気持ちを取りはらって、山中さんを知る努力をしよう。わたしのことも、もっと知ってもらおう。

よかった、とほっとしたようにつぶやいて、お母さんは台所に向かった。

「まえからききたかったんだけど」

わたしは、お母さんの背中《せなか》に話しかけた。

「山中さんって、どうしていつもいつも、カステラをもってくるの?」

「ああ、あれね。山中さんのうちでは、小さいころから、大事な人には、カステラを送るっていう習慣《しゅうかん》があったんですって。山中さん、それを今でも守ってるのよ」

「ふうん」

「もちろん、家族もふくめてね」

そう言いながらお母さんは、調理台にじゃがいもと人参《にんじん》と玉ねぎをだしていった。

今夜のメニューは、たぶんカレーだ。


土曜日。

水着とキャップ、ゴーグルとバスタオルと着がえの下着、めがねをはずしたときに入れるケースも、わすれないようにビニールバッグに入れた。

十時に、区民プールのケヤキの木の下で、リサと待ち合わせる約束だ。

いい機会だから、吉岡《よしおか》くんもさそった。

「えっ、本間《ほんま》って泳げるの？　えっ、うまいって？　マジかよ」

吉岡くんは驚《おどろ》いて、だまっていたわたしをさんざんなじったけど、行く、と言った。

十時まえ十分にプールに着いた。

ケヤキの木の下に、まだリサのすがたはなかった。

十時五分すぎに、吉岡くんが真っ赤な顔をして、自転車で走りこんできた。
でも、十五分をすぎてもリサはこなかった。
プール館内のチケット売り場には、すでに行列ができている。
「やっぱ、こわくなったのかなあ」
吉岡くんが、あきらめたようにつぶやいた。
わたしはくちびるをかんで、出入口のほうをにらみつけていた。
背中《せなか》に汗《あせ》がしみだして、T《ティー》シャツがぐっしょりはりついている。

おねがい、リサちゃん、来て。

祈《いの》るような思いだった。

ケヤキの木から、セミの声がうるさいほどふってくる。耳の中でもジジジジと音がしだした。

「あと五分待って、リサちゃんがこなかったら、吉岡《よしおか》くんは先に入っててていいよ」

「うーん、一人でプールに入っても、おれ、なんにもできないしなあ」

T《ティー》シャツのそでで、おでこの汗《あせ》をぬぐって、吉岡くんはため息をついた。

三十分がすぎた。

ざわざわと、不安がふくれあがってきた。

なにかあったんだろうか。

事故《じこ》？　それとも、来るとちゅうで気が変わった？　そんなはずない。あれだけぜったい行くって言ったんだもの。じゃあ、どうして？

そのときだった。

「もしかして、あんたたち、あいつ待ってんの？　本間《ほんま》リサ」

笑いをふくんだ、いやみっぽい声がした。

ふり返ると、ドラッグストアで会った三人組が、にやにやしながら立っていた。

「へっ、あいつがこんなところに来るって、本気で思ってるわけ。じょーだん」

「待つだけ無駄《むだ》だって。あの気色わるい足でプールに入られたら、こっちが迷惑《めいわく》だっつうの。あんたたちもさっさと帰れば」

口ぎたなくはき捨《す》てると、三人ははじけるように笑いだした。

わたしは、たぎる怒《いか》りをおさえるように、げんこつをにぎりしめた。

「ミヒロ、こんなやつら、相手にすんなよ。こいつらのばかがうつるから」

横で、吉岡《よしおか》くんがクールに言った。

「なによ！　えらそうに！」

「ほら、ばかがほえてるぜ」

「くっそう！　あったまくる！」

「行こう！」

三人が行ってしまうと、にがい思いが、胸《むね》いっぱいにふくれあがってきた。

やっぱり、リサの気が変わったのだろうか。

「なあ、本間《ほんま》の家に電話してみれば」

吉岡《よしおか》くんが言った。

「うん、そうだね」

リサはケータイをもっているけど、わたしはもっていない。だから、リサのケータイの番号も知らなかった。

プールのチケットの自販機《じはんき》の横に、公衆《こうしゅう》電話がある。わたしは、分厚《ぶあつ》いガラスの扉《とびら》をおして館内に入り、受話器をとって、十円玉を入れた。五回、呼《よ》びだし音が鳴ったあと、

「ただいま留守《るす》にしております。ご用のかたはピーと……」

そこまできいて、受話器をおいた。張《は》りつめていた気持ちが、一気にぬけていった。

リサにとって、プールに来るのは、心の負担《ふたん》が大きすぎたのだろうか。

わたしが期待しすぎたのだろうか。

こんな約束、しなきゃよかったのかな。

扉《とびら》をおして外にでると、吉岡《よしおか》くんが近よってきた。わたしが胸《むね》のまえで手を交差させると、ガクッと首をたらした。

「おれ、帰ろっかなあ」

吉岡くんが、つまらなそうに地面をけったときだった。

あっ！　とさけんで、わたしのうしろを指さした。

「え、なに？」

ふり返ると、リサが力つきたように、ひざに両手をついて、息をはずませていた。

プールへ――リサ

眠《ねむ》れなかった。

土曜日に、プールに行こうとミヒロと約束した。これは、弱い自分を乗りこえるための第一歩だ。

ミヒロが、わたしに期待しているのもわかる。ミヒロには、いっぱい助けてもらった。

こんなわたしにできることは、プールで泳いで、ミヒロの期待に応《こた》えることしかない。

そう思うはしから、ほんとに行けるのだろうかと、迷いがでる。

水着に着がえたあと、胸《むね》をはってプールサイドを歩けるだろうか。

そのときの場面を想像するだけで、動悸《どうき》が速くなってくる。

ここ何日もこんな状態《じょうたい》が続いている。

そして明日《あした》は、ついにその土曜日だ。

細くあけた窓《まど》から、なまぬるい風がねばつくような空気をはこんでくる。

枕《まくら》につけた耳から、ドクンドクンと心臓《しんぞう》の音がひびいてくる。

何度も寝返《ねがえ》りをうって、明け方近くなって、やっとウトウトした。


ママはまだ寝ていた。

きのう、おそくまで仕事をしてたみたいだから、起こさなかった。

牛乳《ぎゅうにゅう》と、チーズトーストを食べて、食卓《しょくたく》に「友だちとプールに行ってきます」とメモを残して、九時半に自転車で家をでた。

眠《ねむ》れなかったせいか、からだが重たかった。三分ほど走ったころだった。

突然《とつぜん》パンという音がして、驚《おどろ》いてまわりを見まわした。そのうち、サドルにさっきまでとはちがう、かたい感触《かんしょく》が伝わってきた。

あわてておりて、うしろの車輪を見ると、タイヤがペシャンコになっていた。

パンクだ！　どうしよう。

ぐずぐず考えているヒマはなかった。

このままパンクした自転車をおして、プールまで行くか、ママに電話してここまで来てもらうか。

ケータイはある。けど、ママに電話してもムダだ。不眠症《ふみんしょう》気味のママは、眠《ねむ》りを邪魔《じゃま》されないように、耳せんをして寝《ね》る。今ごろは夢の中だ。

パンクした自転車をおして行くと、いつもの倍は時間がかかる。

よし、決めた！　走ろう。まえかごに入れたリュックを背負《せお》うと、道のはしの草むらに、自転車をつっこんでたおした。

自転車で十分の距離《きょり》だ。たいしたことはない。わたしは走りだした。

すぐに汗《あせ》がふきだす。背中《せなか》を汗がつたう。

待ってて、ミヒロ。もうすぐ行くから。

約束したよね、ぜったい行くって。自分をこえるって。今日《きょう》こそそれを実行するから。

ミヒロの期待、裏切《うらぎ》らないから。

暑い。のどがカラカラだ。背中《せなか》のリュックがゆれて、じゃまくさい。

あっ、バスだ！　しまった！　バスの時間、見ればよかった。ああ、乗せてって、無理か。行っちゃった。

今何時？　え、もう十時十分？　急がなくちゃ。これ以上無理か。

目の中に汗《あせ》のしずくが入って、目がかすむ。

最初に、プールサイドで、さがしものなら手伝おうか、と声をかけてくれたミヒロに、わたしは勝手なことを言って困《こま》らせた。

あのときから、小さな時間を重ねるにつれ、ほんの少しずつ、ミヒロとの距離《きょり》がちぢまっていった。

ミヒロが、そばにいてくれたから、ここまでこれた。もしミヒロが助けを必要としたら、わたしがついてるからだいじょうぶと、言えるようになりたい。

あれ、なに、通行止めって。ええ！　道路工事中！　そんな、ひどいよ。いつからこんなことになってるの。

工事の人が通せんぼをして、すりぬけていかないように監視《かんし》している。

「あっち、あっち」

う回路と書かれたほうを棒《ぼう》でさしている。

しかたがない。ぐるっと遠まわりになる道を走りだす。十分くらいよけいにかかるかもしれない。

ほっぺたが熱い。頭が熱い。からだが熱い。

あとどのくらいだろう。

このまえ、ミヒロの自転車をあずけたコンビニが見えた。あそこから、自転車で二、三分のはずだ。わたしの足だとどのくらい？

五分？　十分？　もっと？

ミヒロは、まだケヤキの木の下にいるかな。

しびれをきらして、もう中に入ったかな。

わたしが、約束をやぶったと思ってるかな。

でも、もうすぐだから、もう少し待ってて。

プールの建物が見えた。あともうちょっと。

あと百メートル、五十メートル、十メートル。ああ、やっとプールの敷地内《しきちない》だ。

息を切らしながら、すばやくケヤキの木に目を走らせる。

だけど、そこにめざす人影《ひとかげ》はなかった。

「ああ……」

両手がひざに落ち、ガックリとからだが半分に折れた。しばらく頭をあげられなかった。

汗《あせ》が、頭の中から流れ落ちてくる。

おでこに、目に、ほっぺたに、首に、だらだらと落ちてくる。

ため息とともに顔をあげて、T《ティー》シャツのそで口で汗《あせ》をぬぐった。その拍子《ひょうし》に見えた。

プールの出入口のまえに、ミヒロと吉岡《よしおか》くんがいた。

吉岡くんが、わたしを指さして、なにか声をあげている。その声に、ミヒロがこっちを向いた。息をのむのがわかった。

わたしがミヒロめざして走りだすと、ミヒロもわたしめがけて走ってきた。

このまま、ミヒロにだきつきたかった。

思いっきり、だきしめられたかった。

でも、まだちょっとえんりょがあった。

「ごめん！　おそくなって。とちゅうで自転車がパンクして」

「ええ！　まさか、歩いてきたの？」

「ううん、走ってきた」

顔を見合わせて、思わず笑った。

おなかがよじれるくらい笑った。

感情《かんじょう》が高ぶって、コントロール不能《ふのう》になっていた。ひとしきり笑うと、やっと少し落ちついた。

「ずいぶん待たせちゃった、ごめん」

「ううん、わたしたちも遅刻《ちこく》したの。ね」

ミヒロは、くったくのない笑顔を見せて、となりの吉岡《よしおか》くんをふり返る。

「お、おう」

吉岡《よしおか》くんは、あわてたようにうなずいた。

でも、赤くほてったほっぺたや汗《あせ》を見れば、どれだけ待ってくれていたのかは一目《いちもく》瞭然《りょうぜん》だった。

もうしわけない気持ちでいっぱいだった。

けど、それ以上にうれしかった。

「じゃあ中に入ろう」

ミヒロに言われて、歩きだそうとしたら、

「ちょっと待てよ、本間《ほんま》」

怒《おこ》ったような声で、吉岡くんが呼《よ》びとめた。

「まっ赤な顔してるじゃないか。水分補給《ほきゅう》しとかないと、熱中症《ねっちゅうしょう》になるぞ」

そう言って、水筒《すいとう》をわたしにつきだした。

「あ、ありがと」

とまどいながら受けとった。

つめたい麦茶だった。ほてったからだのすみずみまで、しみわたっていった。

更衣室《こういしつ》は、混《こ》んでいたせいで、わたしの足を気にする人はいなかった。

学校のプールで泳いで以来だから、何日ぶりだろう。

更衣室をでてプールに向かうあいだ、ずっとドキドキしていた。

だいじょうぶ。そばには、ピッタリと寄《よ》りそったミヒロがいる。

中に入ると、もわっと湿《しめ》った空気につつまれた。おおぜいの人の歓声《かんせい》と水の音が、天井《てんじょう》にぶつかってはねかえり、耳の中が詰《つ》まったみたいになった。水の中は人であふれていた。

子どもばかりじゃなく、お年寄りの姿《すがた》も多い。

男子の更衣室からでてきた吉岡《よしおか》くんは、わたしたちを見つけると、スッとわたしのとなりに寄ってきて、いっしょに歩きだした。

わたしはちょうど、二人にはさまれる形になった。ていうか、ちょっと寄りそいすぎじゃない？　二人を見比《みくら》べていてハッとした。

さりげなく、ほかの人の視線《しせん》から守ってくれようとしているのだ。

「二人とも……」

胸《むね》が熱くなった。

せきばらいをして、大きく息をすった。そして胸をはった。わたしにできることは、顔をあげて歩くことだ。

すぐに、足もとに注がれる視線《しせん》を感じた。

準備体操《じゅんびたいそう》をしていても、チラチラとこっちを見る目がある。

水の中に入ると、やっとほっとした。

ふかく息をすいこんで、お尻《しり》が底につくまでからだをしずめた。

ああ、なんて気持ちいいんだろう。

水に、からだをつつまれているこの感触《かんしょく》を、ずっと味わいたかった。

うでをのばすと、からだが水面に浮《う》かびあがる。ゆっくりとクロールを泳ぎだした。

プールの大きなガラス戸から、水の中に光が差しこんできて、水をかく手の先までも、はっきりと見せてくれる。

指先から小さな泡《あわ》をだしながら、手が水をつかみ、うしろへとおす。筋肉《きんにく》が動いて、わたしのからだをまえへと進めていく。

からだの中がうれしさでいっぱいになる。

自然に顔がほころんでくる。

クロールで一往復《おうふく》して、二人のすがたをさがした。吉岡《よしおか》くんは、プールのはしをにぎって、顔を水につけたりだしたりしていた。

ミヒロは、ひざをかかえてからだをまるめ、だるま浮《う》きをしている。

吉岡くんは、まだ水をこわがっている。

基本からはじめる必要があるみたい。

運動能力《のうりょく》は高いから、水に慣《な》れたら上達は早いと思う。

ミヒロの平泳ぎは、呼吸《こきゅう》と足をけるタイミングがずれている。キックしたあとの惰性《だせい》で進み、からだが十分にのびてから腕《うで》をかけば、らくに泳げるはずだ。

二人には、実際《じっさい》に泳いで見せながら、それぞれの欠点をあげてアドバイスした。

いくつか練習のメニューを伝えて、わたしはひさびさにたっぷりと泳いだ。

おおぜいの人に混《ま》じってわたしが泳いでいる。

うれしくて、胸《むね》の底からくつくつと笑いがこみあげてくる。

ついさっきまで、あんなに必死で走っていたのが、うそのようだった。

泳いでいるうちに、自分がすっかりリラックスしていくのを感じた。

二人はしばらくは熱心にやっていたけど、そのうち、吉岡《よしおか》くんは練習にあきてきたみたいだった。たしかに、おもしろい練習じゃないからしかたない。

夏休みはまだまだ残っているから、今日《きょう》はこのへんで終わりにしたほうがいいのかな。

水からあがるときは、入るときと比べると、不思議なほど気持ちが落ちついていた。

足を見られていると思っても、もうあまり気にならなかった。この足がなかったら、こうやって泳ぐこともできないのだから。

少しだけ、自分に自信ができたのかもしれない。今日来てよかったと思った。


プールの外は、燃えるような暑さだった。

「ああ、サイダーの一気飲みしてえ！」

吉岡《よしおか》くんがどなった。

「じゃあ、おじいちゃんのとこによって、休けいしていく？」

ミヒロがきいた。

「いいねえ。おじいさんとも一局指せるし」

吉岡くんも、すぐに賛成《さんせい》した。

おじいさんに会いたいと思った。

泳いできたよ、って言うと、目を細めて、ほう、とわたしにほほえみかけるだろう。

温かく、おだやかな気持ちにさせてくれるだろう。でも、今は一人でいよう。

一人で歩きながら、今の気持ちを、キチンと自分の中にきざんでおこう。

もう二度と、自分をきらいにならないために。ミヒロやおじいさん、吉岡《よしおか》くんと、吉岡くんのおじいさん、そんな人たちへの、感謝《かんしゃ》の気持ちをわすれないために。

「わたし、やっぱり今日《きょう》は帰るよ」

「え、なんで?」

吉岡くんが不思議そうにきく。

「うん、今日のこと、ママに知らせたいし、それにおいてきた自転車のことも気になるし」

「そっか、そうだね」

ミヒロはすぐに、わたしの気持ちがわかったみたいだった。

わたしはミヒロの目をまっすぐに見た。

「ミヒロ、今まで、いっぱいありがとう」

ミヒロは、一瞬《いっしゅん》びっくりしたように目をまるくした。それからほっぺたを赤くして、

「なによ、友だちじゃん」

ぶっきらぼうに言った。

「けど、今日の本間《ほんま》はすげえがんばったよな。水泳もうまいし、おれ、見直したよ」

吉岡《よしおか》くんは、おでこと鼻の頭にいっぱい汗《あせ》をくっつけて言った。

ありがとう、吉岡くん。力強いエールだよ。

「二人がいてくれたからね」

照れくさくて、声が小さくなった。

「じゃあまた明日《あした》ね」

二人に手をふって、玄関口《げんかんぐち》で別れた。

しあわせ ── ミヒロ

わたしは、リサが苦手なことって、人に傷《きず》あとを見られることだって、単純《たんじゅん》に思ってた。だから、見られることに慣《な》れればいいんだと思っていた。

でも、リサは、傷あとをかくしてる自分を、変えたいって言った。

ありのままの自分を受け入れて、胸《むね》をはって歩きたいって言った。

それをきいたとき、リサがわたしより高等な人間のような気がした。口にだしては言わなかったけど、すごいって思った。

一段《いちだん》ずつステップをのぼって、リサは今までの自分を、ほとんど乗りこえようとしていた。そして今日《きょう》、ほんとに自分を乗りこえた。

ほこらしさで胸がいっぱいになった。

帰りぎわ、リサがわたしに、

「ミヒロ、今まで、いっぱいありがとう」

って言った。はじめてわたしを、呼《よ》びすてにした。だからわたしも、リサって呼んだ。

その瞬間《しゅんかん》、二人の距離《きょり》がギュンと圧縮《あっしゅく》された気がした。

はねるような足取りで、去って行くリサを見ていると、胸《むね》の内側がオレンジ色に染《そ》まっていくようだった。

だれかのしあわせが、自分にもしあわせをくれることを、はじめて知った気がする。

宿題は完了だね、リサ！

再出発《さいしゅっぱつ》 ―― リサ

出入り口のそばに立つケヤキの木から、セミの声がうるさいほどふってくる。

出入口をでると、すぐよこの垣根《かきね》に、白い乗用車がとまっていた。ママの車にそっくりだったけど、ママはうちで寝《ね》てるはずだ。

いや、もう起きたかもしれないけど。

わたしが近づくと、ドアがあいて中から男の人がでてきた。

「やあ」

まぶしそうに目を細めながら、わたしに笑いかけた。

「パパ？　どうしてここに？」

「暑いから、中に入って話そう」

なにがなんだかわからないまま、助手席のドアに手をかけた。

ママが運転席にすわっていた。

「食卓《しょくたく》にあったリサのメモを見て、ママがパパに連絡《れんらく》したのよ」

パパが、うしろのドアをあけて乗りこんだ。

「そいつは見のがせないと思ってね、なにもかもほったらかしてとんできたんだ」

「……」

「わたしたち、二階から見てたのよ、あなたが泳ぐところを」

「えっ」

「力のぬけた、とてもいい泳ぎをしてたわね」

「ああ、友だちもできたようだしね」

「あなたたちを見ながら、わたしたち、今までのこと、いろいろ話し合ったの」

「うん。ずいぶんひさしぶりに、腹《はら》を割《わ》って話したな。パパは、リサにあやまらなくちゃいけない」

「え？」

「パパはおまえの不登校を、どうしても受け入れられなかった。現実《げんじつ》から逃《に》げているとしか、思えなかったんだ。このままだと、なにかあるたびに、逃げだす子になるんじゃないかと思ってな」

「うん……」

「パパは、リサが弱い人間だと思っていた。だが、なんとかしようと、もがいているママとリサをおいて、パパはさっさと家をでていってしまった。苦しさに耐《た》える力がなかったのは、パパのほうだったのかもしれん。すまなかった。リサ、パパをゆるしてくれ」

「パパ……」

だめだ。泣いてしまいそうだ。

長いあいだ、パパの期待をうらぎったと思ってきた。わたしのせいで、パパとママを仲たがいさせてしまったと思って、つらかった。

でも今は、からだじゅうに熱いものが、音をたてて、かけめぐっている。言葉では言いあらわせないくらい、イキイキしたものが。

「なあ、今から、このまえの食事会のやり直しをしないか？　三人で」

「いいわねえ。そろそろお腹《なか》もすいてきたし」

ママが問いかけるような目でわたしを見る。

うん。わたしはママを見てうなずいた。

「だったら、ハーブティーのあるところがいいな」

「あら、どこでそんな味、おぼえたの？」

わたしはふかく息をすって、呼吸《こきゅう》を整えた。

「友だちのおじいさんの家で、友だちがいれてくれたの。とってもおいしかった」

わたしに、勇気とやさしさをおしえてくれたの。

わたしは、言葉にしないでつぶやいた。

明日《あした》からも、きっといろんなことがある。

でもわたしには、そこに向かって踏《ふ》みだす勇気がある。
胸《むね》の中に、オレンジ色の光が満ちてくるのを感じた。
新しい夏が始まった。

作・朝比奈蓉子（あさひな・ようこ）

福岡県生まれ。筑紫女学園短大卒業。作品に、『へそまがりパパに花束を』『「リベンジする」とあいつは言った』『ゆいはぼくのおねえちゃん』（ポプラ社）、『たたみの部屋の写真展』『竜の座卓』（以上、偕成社）などがある。福岡県在住。

絵・酒井　以（さかい・さね）

大阪府在住 イラストレーター。
1986年生まれ。
京都嵯峨芸術大学短期大学部卒業。

装丁・矢野のり子（島津デザイン事務所）

読者の皆様からのお便りをお待ちしております。
頂いたお便りは著者にお渡しいたします。

宛先　〒102-8519　東京都千代田区麹町 4-2-6　9F
ポプラ社　児童書編集部
「わたしの苦手なあの子」係　まで

ノベルズ・エクスプレス 35
わたしの苦手《にがて》なあの子

発行　2017年8月　第 1 刷発行
　　　2023年6月　第18刷

作　朝比奈蓉子
絵　酒井 以

発行者　千葉 均
編 集　門田奈穂子
発行所　株式会社ポプラ社
〒102-8519　東京都千代田区麹町4-2-6　8・9F
ホームページ　www.poplar.co.jp
印刷・製本　中央精版印刷株式会社

ISBN978-4-591-15518-9　N.D.C.913／236P／19cm

P4056035

NOVELS' EXPRESS

朝比奈蓉子の本

ノベルズ・エクスプレス 15

「リベンジする」とあいつは言った

絵＝スカイエマ

転校生の江本君のメガネを、みんなでふざけて割ってしまった。
見えずに転んで骨折した江本君を見舞いに行った僕に、
彼は「リベンジするよ」と言ったのだ——。

気まずいできごとではじまった、二人の長い時間。
仕返しよりも大事なことってなんだろう。少し変わった友情の物語。
〈電子書籍〉

NOVELS' EXPRESS

朝比奈蓉子の本

ノベルズ・エクスプレス 49

わたしの気になるあの子

絵＝水元さきの

「ふつうじゃないって、いけないこと?」
女の子らしくしろと口うるさい祖父に、モヤモヤと反感を覚える瑠美奈。
ある日、クラスメイトの詩音が、くりくりの坊主頭で登校してきた。
詩音は転校生で孤立していたのに、ますます浮いてしまう。
でも、詩音が坊主にした理由を知った瑠美奈は、
なんとなくそんな詩音を助けたいと思うようになり……。

NOVELS' EXPRESS

ノベルズ・エクスプレス 34

青いスタートライン

作＝高田由紀子

絵＝ふすい

夏休みの間、一人で佐渡の祖母宅で過ごすことになった小5の颯太。
島にすむ孤独な青年・夏生の特訓をうけ、1キロの遠泳にいどむことになった。
出産をひかえた母親への複雑な思いや、
いつも友達にあわせてしまう自分への嫌悪感……
「泳ぎきったら、きっと変われる」
迷いの中を、希望と未来にむけて泳ぎだす、少年たちのひと夏の物語。